어른답게 / 삽시다 /

이시형
에세이

어른답게 / 삽시다

미운 백 살이 되고 싶지 않은
어른들을 위하여

특별한서재

그때는 인생이 이렇게 길 줄 알지 못했다.
살아갈 날이 너무 짧아서가 아니라
살아갈 날이 너무 길어서 생긴 후회들…

1 _____ 그렇게 어른이 되어간다

2 _____ 쓸쓸함이 당연하다

3 _____ 나이에 대한 예의

● 회복탄력성을 키우기 위해서는 몸보다 마음의 건강
이 더 직접적인 영향을 미친다. 마음만은 세월을 비
켜갈 수 있다.
사람은 본능적으로 자꾸 좋은 방향으로 생각을 바꾸
려고 한다. 그것을 쉽게 하는 이가 있는가 하면 조금
시간이 걸리는 이가 있다. 그래도 우리의 뇌는 낙관
적인 쪽으로 생각하려는 본능을 충실히 이행하려고
노력하는 중이다.
그러니 스스로를 믿으면 된다. 아직 건강한 내가 결
국에는 절망을 극복할 수 있으리라고 믿으면 된다.

1 ― 그렇게 어른이 되어간다

마음의 틈, 회복탄력성

살면서 겪은 온갖 크고 작은 세상의 풍파와 실패, 좌절의 경험들이 삶에 굳은살처럼 박힌다. 옹이 진 나무가 쉬이 부러지지 않는 것처럼 어느 정도 연륜이 쌓이면 웬만한 일에는 눈도 깜짝하지 않는 경지에 오르기도 한다. 그 정도 눈물 바람을 할 일은 신물나게 겪었기 때문이다. 어떻게든 시간은 흐르기 마련이다. 하늘이 무너질 것 같은 일도 지나가기 마련이고, 버티다 보면 또 살아지게 되어 있다는 것을 안다. 나이가 들수록 나무가 아니라 숲을 보는 안목과 참고 견뎌내는 인내심이 젊을 때보다는 확실히 높아진다.

그러나 나이듦이 마냥 이렇게 단단해지는 쪽으로 정리되

지는 않는다. 세상 모든 일이 그렇듯 반대 방향으로 나아가는 수도 생긴다. 나이가 들면 정신적으로 유연해지고 강해진다고 하지만 나이듦 자체가 정신을 무너뜨리기도 한다. 나쁜 일을 겪었을 때 그로부터 벗어나기 위해 노력하는 대신 '내가 살 날이 얼마 남지도 않았는데 그 사이에 뭐가 얼마나 달라지겠나'라고 생각하기 쉽다.

사람에게는 회복탄력성이 아주 중요하다. 이는 역경이나 시련이 닥쳤을 때 좌절에 빠지지 않고 이를 성장의 기회로 삼아 다시 안정된 상태를 회복하는 힘을 말한다. 그런데 나이가 들수록 마음이 초조해지면서 스스로의 회복탄력성에 대해 불신이 생기기 시작한다.

젊을 때는 넘어져도 훌훌 털고 다시 일어나면 그만이다. 여기저기 생채기가 나고 피가 흘러도 상처는 절로 아물게 되어 있다. 그러나 나이가 들면 들수록 그 속도가 느려진다. 어쩔 수 없는 자연의 순리다. 그렇지만 몸이 날이 갈수록 늙고 약해진다고 정신까지 몸을 따라가라는 법은 없다.

나이가 들면 마음의 상처마저 더디게 아물 것이라고 생각하는 것은 어쩔 수 없는 순리라기보다는 선입견이다. 나이가 들면 오히려 이제껏 살아온 연륜으로 마음의 상처를 회복하는 속도가 빨라져야 한다. 그리고 빨라진다는 게 뇌 과학의 증언이다.

무슨 일이든 긍정적으로 생각하라고 한다. '긍정의 힘'을 모르는 이가 있겠는가. 그런데 이게 말이 쉽지 인간의 마음이라는 게 늘 그렇게 긍정적일 수만은 없다. 절망과 슬픔에 빠지는 것도 사는 일의 일부다. 때로는 작은 일에 크게 낙심해서 눈물을 쏟을 수도 있고, 결과가 어찌될지 모르는 일인데 자꾸 비관적인 생각이 들어서 우울해질 수도 있다. 냉탕과 온탕을 오가는 것처럼 마음대로 발을 담갔다가 뺄 수 있는 일이 아니다. 세상에는 확실한 것과 불확실한 것이 혼재되어 있다. 될 수 있는 일과 안 되는 일도 혼재되어 있다.

일본의 뇌 과학자 모기는 이를 우유성偶有性이라 부르고 있다. 음지가 있으면 양지가 있다. 어떤 상황이 오면 이게 세상사라는 걸 인정하고 받아들여야 한다. 그런 마음의 여유, 한 뼘의 공간은 있어야 한다. 좌절과 슬픔 속에 완전히 매몰되어버리면 더 이상의 여지가 없다. 적어도 마음이 움직일 수 있는 거리가 있어야 한다. 세월의 내공으로 상처를 보듬을 여유는 그 작은 틈으로부터 나온다.

　사랑하는 사람과 이별을 하거나 부모님이 돌아가셨을 때의 심정은 이루 말할 수가 없다. 그 무엇으로도 위로가 되지 않고, 그 누구의 위로도 상처를 메꿔주지는 못한다. 하지만 그렇게 감당하기 벅찼던 슬픔도 결국 6개월을 넘지 않는다. 그리고 상처는 그리움으로 희석되어 승화된다.

　시간이 문제를 해결하기 위해 필요한 것은 우리의 일상이다. 보잘것없는 일상을 살아가는 우리에게 시간은 마음의 틈을 만들어준다. 이 틈이 결국은 회복탄력성이다. 아무리 숨 쉬는 것조차 아픈 상처를 받았어도, 아무리 생의 밑바닥에 내동댕이쳐진 것 같은 좌절에 빠졌어도 시간은 계속해서 흐르고 삶도 계속된다. 영원히 마르지 않는 눈물은 없으며, 결국은 다시 평범한 삶으로 돌아오게 되어 있는 것이다.

　회복탄력성을 키우는 데에는 몸보다 마음의 건강이 더 직접적인 영향을 미친다. 몸은 세월과 함께 쇠약해지더라도 마음만은 세월을 비켜갈 수 있다. '좋은 게 좋은 거지'라는 말도 있듯이 사람은 자꾸 좋은 방향으로 생각을 바꾸려는 본능이 있다. 그런데 그것을 쉽게 하는 이가 있는가 하면 조금 시간이 걸리는 이가 있다. 그래도 어쨌든 우리의 뇌는 최선을 다해 낙관적인 쪽으로 생각하려는 본능을 충실히 이행하려고 노력을 하고 있는 중이다. 그러니 스스로를 믿으면 된다. 아직 건강한 내가 결국에는 절망을 극복할 수 있으리라고 믿으면 되는 것이다.

20대에는 미처 이루지 못한 것들이 있어도 30대에 더 열심히 노력하면 된다고 스스로를 위로할 수 있었다. 그런데 40대가 지나고 50대가 되면 비틀거리기만 해도 낭패감이 몰려오면서 내게 더 이상 만회할 기회 따위는 없을 것이라고 믿게 된다. 그래서 작은 실패에도 자꾸 조급해지고 이게 마지막이라는 생각을 하게 되는 것이다.

나이가 들었다고 다시 일어설 수 없는 것이 아니다. 다시 일어설 수 없을 것이라고 생각하는 순간 다시는 일어설 수 없게 되는 것이다.

혼자만의 여행 |

―

　　　　　젊은 시절 나의 가장 큰 숙제는 생계를 해결하는 것이었다. 아르바이트 하랴, 의대 공부하랴, 하우스보이로 미군부대 드나들랴, 남는 시간이 없었다. 남들이 시체실에서 해부 실습을 할 때 나는 밖에서 과외를 했고, 다른 친구들이 다 집으로 돌아가고 난 뒤에야 혼자 시체실에서 해부 실습을 했다. 그때 우리 과에 여학생도 너덧 명이 있었지만 풋내 나는 연정이라도 품기에는 사는 게 너무 바빴다. 커피 한 잔 사 마실 돈도 없는 처지에 데이트는 꿈도 못 꿀 일이었고, 장가가기 전까지 나는 남들 다 하는 연애 한 번 못해본 숙맥이었다. 그래서 나는 젊은 시절을 생각하면 화가 난다. 사람들이 "왜? 무슨 일이 있었길래?"라고 물으면 내 대답은 한결같다.

"아무 일도 없었어. 나는 그게 너무나 화가 나."

그 한창 시절에 아무 일도 없었다니 억울하기 짝이 없다. 머릿속으로는 어떤 상상의 나래를 펼쳤든 실제로 저질러본 게 없으니 젊은 날의 추억으로 남을 것도 없는 서글프고 가난한 청춘이었다.

어렸을 적에 읽은 고전소설은 유럽을 배경으로 한 것들이 많았다. 고색창연한 성과 이국적인 마을들, 수려한 자연에 대한 묘사를 읽으며 해가 뉘엿뉘엿 지는 유럽의 어느 낯선 골목길에서 혼자 터벅터벅 정처 없는 발걸음을 옮겨놓는 내 뒷모습을 자주 상상하곤 했다. 그 낭만에 매혹된 나는 언젠가 그 소설 속 풍경과 같은 곳을 꼭 한 번 걸어보리라 마음먹었다.

사람들이 가끔 꿈이 뭐였느냐는 질문을 한다. 그때마다 나는 소스라치게 놀란다. 꿈이라니? 당장 코앞에 떨어진 불 끄기에도 정신없던 나날인데 무슨 꿈같은 소리냐? 하지만 그래도 내게 꿈이란 게 굳이 있었다면 이게 아니었을까 싶다. 그렇지만 어른이 되고 나서도 그런 기회는 좀처럼 오지 않았다. 요즘 시대에야 꿈이랄 것까지도 없이 배낭 하나 꾸려서 훌쩍 떠나면 되지만 해외여행이 자유화된 것은 1989년도의 일이었고, 한창 일하느라 바빴던 탓도 있었다.

대부분의 해외 나들이가 학회 일정으로 대체되곤 하던 때 나는 문득 남들이 잘 가지 않는 곳에서 열리는 학회를 신청해서 혼자 가봐야겠다는 생각을 하게 되었다. 늘 상상만 하던 혼자만의 유럽여행을 실행에 옮겨보려고 마음을 먹은 것이다.

그런데 막상 호텔에 여장을 푼 뒤 저녁을 먹으러 아래층 식당으로 내려가 보니 한국인 정신과 의사가 족히 서른 명은 앉아 있는 게 아닌가. 저녁을 다 먹을 즈음 사람들이 학회가 끝나고 난 뒤 일정이 어찌 되느냐고 물어왔다. 노르웨이를 가볼 생각이라고 했더니 반색을 하며 따라가도 되느냐고 했다. 물색없이 그러라고 해놓고 곰곰이 다시 생각해보니 아무래도 이건 아닌 것 같아 다음날 체면 불구하고 혼자 가야겠노라고 말을 바꾸었다. 그러면서 이것이 내 오랜 꿈이었노라고 양해를 구했다. 그렇게 학회가 끝나고 드디어 노르웨이 여행길에 오르게 되었다. 꿈일까. 꿈이라면 그게 이루어진 통쾌한 날이었다.

노르웨이 오슬로에서 뭉크의 〈절규〉를 감상한 뒤 기차를 타고 피오르로 갔다. 커다란 여객선을 타고 자연이 창조한 아름다운 협곡을 따라 내려가다 보면 그 끝이 활짝 열린 바다로 이어지고, 그 끝에 유네스코 세계문화유산으로 지정된 베르겐이라는 작은 도시가 있다. 이곳 사람들은 스스로를 '베르게니안'이라고 칭할 정도로 베르겐에 산다는 자부심이 대단하다. 시간도 천천히 흘러갈 것만 같은 낭만적이고 여유로운 옛 항구도시의 풍광을 유지하기 위해 새로 집이라도 하나 지으려면 반드시 시청의 허가를 받아야 하고, 도시가 커질 것을 우려해 인구 유입마저 통제를 한다고 했다. 베르겐의 시민이 되고 싶어서 이주 신청을 한 사람들의 대기 명단이 어마어마하다는 얘기도 있었다. 그러다 보니 그리 아름다운 곳이라면 어렸을 적 상상했던 해가 지는 유럽 골목길의 낭만을 완성하기에는 더없이 안성맞춤일 것이라는 기대에 부풀어 올랐다.

그러나 초보는 어디에서든 티가 나기 마련이다. 일단 좀 더 많은 것을 보려는 욕심에 피오르를 타고 내려오는 여객

선을 완행으로 끊은 것부터가 화근이었다. 급행이면 한 번에 도착할 수도 있었는데 이 마을 저 마을을 모두 들르면서 오느라 베르겐에 한밤중에 도착하고 만 것이다. 그리고 작은 도시라고 우습게 알고 미리 호텔 예약을 해놓지 않은 것이 두 번째 실수였다. 방이 없었다. 안내소에 가서 사정 설명을 했더니 직원이 나를 아래위로 훑어보더니 어디서 왔느냐고 물었다. 한국이라고 했더니 그제야 고개를 끄덕인다. 이맘때 아무런 예약도 없이 여길 오다니 간도 크다며 웃었다. 여름이었지만 비가 부슬부슬 내리는 통에 무척이나 쌀쌀한 날씨였다. 갈 곳도 없는 내가 불쌍해 보였는지 안내소 직원이 문 뒤 바람이 덜 들어오는 쪽을 가리키며 저기라도 잠자리를 잡으라고 말해주었다. 홀로 배고픔과 추위에 벌벌 떨며 의자에 앉아 있으려니 슬슬 후회가 밀려왔다. 내가 왜 혼자 여행을 왔을까, 혼자 하는 여행이 낭만적이라고 누가 그랬나, 별별 생각이 다 들었다. 그러다 안내소 직원이 시내에 있는 호텔 하나에 빈 방이 생겼다며 얼른 그리로 가라고 알려주었다.

세 번째 사건은 호텔방에 짐을 내려놓고 저녁을 먹으러

간 중국식당에서 벌어졌다. 배도 고프고 이것저것 먹어보고 싶은 욕심에 요리 서너 가지를 시켰더니 몇 사람이 먹느냐고 묻는다. 혼자라고 했더니 내가 시킨 것을 다 취소하고 몇 가지 음식을 조금씩 섞은 1인분을 주문해주었다. 그러면서 덩치 큰 이곳 사람들의 1인분은 동양인 세 명은 거뜬히 먹는 양이라고 귀띔을 해주었다. 그 사람이 아니었으면 혼자서 10인분의 음식을 앞에 놓고 얼굴을 붉혔을 뻔했던 순간이었다.

지친 하루를 겨우 마감한 다음 날, 대낮의 햇살 속에서 비로소 베르겐 시내를 제대로 둘러봤다. 내 첫 반응은 '에게게, 이게 뭐냐.' 여느 도시와 다를 게 없었다. 그리곤 나는 스위스로 가는 가장 빠른 비행기 편을 예약했다.

나는 다시는 절대로 혼자 여행을 가지 않겠다고 거듭 다짐했다. 낯선 언어와 낯선 문화에 대한 두려움은 전혀 없지만 나라는 인간은 홀로 타국 땅을 방랑하며 긴 사색에 잠길 만한 그릇은 못되는 것으로 결론을 내렸다. 그렇게 내 나이 쉰여덟에 인생의 처음이자 마지막으로 감행했던 나 홀로 여행은 막을 내렸고, 어린 시절 유일하게 가슴에 품었던 꿈도 일단락되었다.

상상만 했을 때는 이국적인 풍경을 배경으로 한 낭만적인 방랑자가 될 수 있을 것 같았는데 현실은 혼자 이리 치이고 저리 치이며 실수 연발인 초짜 관광객이었다. 하지만 저질러놓고 나니 후련하기는 했다.

꿈이라는 게 그런 것이다. 머릿속에만 있으면 아무 일도 일어나지 않는다. 현실에서 일어나지 않고서는 결코 '내 이야기'가 될 수 없다. 그러다 막상 저지르고 나면 나의 여행처럼 기대와는 전혀 딴판의 경험을 하게 될지도 모를 일이다. 하긴 그것도 여행의 묘미일 것이다.

꿈은 누구나 꿀 수 있고 꿈을 쫓아 살기에 현실이 팍팍한 것도 누구에게나 마찬가지다. 그러다 한창 나이를 지나 한 살 두 살 더 먹다 보면 언젠가부터 '이제 와서 무슨……', '나이 들어서 무슨……'이라는 말로 체념을 하기 시작한다.

그러나 저지름에 '너무 늦은 나이'는 없다. 내가 환갑을 불과 몇 년 앞두고 혈혈단신으로 낯선 나라로 떠났던 것은 남보다 특별히 용감해서라기보다는 나의 오래된 상상을 늦게라도 실천해보고 싶었기 때문이었다. 너무 늦었다고 생각하며 주저하는 순간 그건 진짜로 너무 늦은 것이 된다.

인생의 즐거움은 애써 찾아야 한다.
그러기 위해서는 우선 내 삶을
들여다보는 것에서부터 출발해야 한다.
내 안에 무엇이 있는지 알아야
어떤 선택이라도 할 수 있을 게 아닌가.
그러려면 멈춰서야 한다.
열심히 하던 일을 잠시 접어두고 그 자리에 멈춰서보라.
그래야 새로운 것을 볼 여유가 생긴다.

나는 될 것이라는 믿음 |

—

　　지하도에서 우연히 예전 환자를 마주친 적이 있었다. 참으로 착한 성품을 가진 이였지만 하는 일마다 운 나쁘게도 모두 실패를 하고 거의 노숙자처럼 살고 있었다. 아! 이럴 수가. 난 적이 놀랐다. 저 착하디착한 사람이. 순간 정신과 의사로서 자괴감이 들었다. 거의 평생을 수많은 환자들의 절절한 이야기를 들어주고 상처를 어루만지는 일을 해왔지만 과연 내가 그들의 아픔을 얼마만큼이나 가슴으로 이해하고 있었던 걸까. 아무리 애쓰고 노력을 해도 안 되는 일에 부딪쳤을 때 삶의 바닥을 헤매는 그 심정을 나는 과연 얼마만큼이나 진심으로 함께 느꼈던 걸까.

　　내가 좋아한 고 최인호 작가가 생전에 내게 "박사님의 세대가 부럽다"는 말을 자주 하곤 했었다. 이유인즉 자신은 배가 고파본 적이 없기 때문이라는 것. 명색이 작가라는 사람이 배가 고파보지 않고서 어떻게 삶의 바닥을, 진정한 속내를 담은 글을 쓸 수가 있겠느냐는 자괴감이 든다고 했다. 인생의 나락을 경험해보지 못한 사람이 어찌 인생의 나락에서 고통받는 이들의 이야기를 쓸 수 있을까? 그의 작가로서의 고백은 내게도 통렬한 아픔을 안겨주었다. 삶의 절망을 모르고 그동안 환자들에게 내뱉었던 내 말의 무게에 물음표가 달렸다.

그렇다고 그동안 내가 잘 닦인 길만 순탄하게 걸어온 것은 결코 아니었다. 뒤돌아보면 내 삶에 쉬운 일은 하나도 없었다. 의과대학에 진학할 때만 해도 공부와는 담을 쌓았던 터라 친구들에게 공부 동냥을 해가며 벼락치기로 겨우 붙을 수 있었다. 미군 부대에서 하우스보이를 하다가 운 좋게 '스페셜 가드'라고 불리는 민간인 경비병 일을 시작했지만 졸다가 등짝을 맞기도 했다. 그리고 그 바람에 미국 유학을 꿈꾸게 되었고, 미국 학생들조차 들어가기 힘들다는 예일대에 진학을 했다. 그리고 정신의학이라는 분야 자체가 생소하던 시절에 주류인 정신분석학을 놔두고 사회정신의학을 전공했다.

결국 나는 평생 남들이 가지 말라고 말리거나 절대로 안될 것이라고 고개를 내젓던 일들을 차례로 해온 셈이다. 결과로만 보면 다 되기는 했으나 하나같이 피 말리는 과정을 거쳐야 했고, 어떤 일들은 노력에 노력을 거듭하다 결국 이건 안 되는 건가 보다, 하고 포기하기 직전까지 갔는데 운 좋게 해결이 되었던 일도 적지 않았다.

내 인생 여정을 돌아보면 곡예사 같은 아슬아슬한 순간들의 연속이었다. 그래도 운 좋게 떨어지지 않고 넘어왔다.

그날 지하도에서 그를 만나고 나서 나는 뜬금없는 한 가지 결심을 하게 된다. 내가 정말로 못하는 일을 한 번 해보자는 것. 결과가 좋지 않을 것이 거의 확실한 일에 도전해보자, 조금이라도 더 잘하기 위해 자신을 몰아붙이고 실패를 거듭하며 깊은 우울에 빠지고 밤잠도 설쳐야 하는 일도 해보자고 마음을 먹었다. 그게 그림이었다.

나는 어린 시절부터 그림에는 젬병이었다. 선생님은 크레파스 색칠만 웬만큼 해도 아이들 그림을 교실 뒷벽에 붙여주곤 하셨지만 내 그림은 없었다. 미술반이라는 곳은 나에게는 금지 구역이나 마찬가지였다. 게다가 차분히 앉아서 그림을 그릴 만한 성질도 되지 못했다. "넌 나가 운동장에서 공이나 차." 그런데 재능이라고는 한 방울도 없는 것이 확실한 그 그림을 배워보기로 한 것이다. 그때가 내 나이 팔십이 되던 해였다.

지인들에게 나의 계획을 설명하고 그림을 배우고자 하는 이들을 모집했다. 스무 명 가까이 모여들었다. 그리고 김양수 화백을 스승으로 모시고 그림 공부를 시작했다.

처음으로 그린 것이 사군자였다. 붓질 한 번으로도 여린 난초 잎이 힘차게 뻗어 올라가야 하건만 나는 아무리 해봐도 그저 아이들 장난처럼 보일 뿐이었다. 그래도 다른 사람들은 제법 잘 따라하는 것 같았다. 이번에는 매화를 칠 차례. 꽃잎 하나하나에 공을 들였다. 선생님이 내 그림을 보고는 "호박꽃은 좀 크게 그리면 더 매력이 있지요."라고 한다. 올 것이 왔구나 싶었다. 안 되는 건 아무리 해봐도 역시 안 되는 것이었다. 더 이상 창피를 당하기 전에 그쯤에서 그만두고 싶은 생각이 굴뚝같았다. 그런데 그림을 배워보자고 부추겨놓고 나 혼자 빠질 수는 없는 일, 그렇게 어영부영 붙어 있으려니 그림 수업이 있는 월요일만 되면 머리가 지끈거리며 없던 두통까지 생길 지경이 되었다.

결국 붙들고 있던 사군자를 과감하게 포기했다. 난 역시 안 돼! 라고 결론을 내렸다. 처음 '불가능에 도전'을 선언했던 호기는 이미 연기처럼 사라지고 없었다. 달리 그릴 게 없었던 나는 그나마 좀 만만해 보이는 산과 나무를 그리기 시작했다. 몇 번 선을 긋다 보면 얼추 산 같고 나무 같은 모양새가 나왔다.

우리가 시작한 그림은 그냥 동양화가 아니라 문인화였다. 문인화란 그림을 업으로 하는 전문 화공이 아닌 선비나 사대부들이 그린 그림이기에 그 옆에 간략한 글을 덧붙여 그린 이의 심중을 담는 등 표현 방식이 매우 다양하다. 그래서 나도 그림을 그릴 때마다 떠오르는 단상들을 한 귀퉁이에 끄적끄적 남기곤 했다. '시'라기보다는 그저 내가 하고 싶은 말들을 소박하게 에둘러놓은 것들이다.

그런데 연습용으로 그리고 버리려는 내 그림들을 선생님이 매번 가져가더니 어느 날 교실 벽에 전시를 해놓는 것이다. 그리고는 내가 뭐라고 하기도 전에 그림에 대한 품평을 시작했다.

"그림에는 두 가지가 있지요. 잘 그린 그림과 좋은 그림입니다. 박사님의 그림은 결코 잘 그린 그림은 아니에요. 그러나 참 좋은 그림입니다. 이 그림을 보고 있노라면 엄마 생각, 고향 생각이 막 나면서 뭔가 그립고 애잔한 마음이 들어요. 그린 사람과 보는 사람이 마음의 교류를 할 수 있는 이런 그림이 바로 좋은 그림입니다."

나는 눈이 휘둥그레졌다. 정작 그림을 그린 나는 생각지도 않았던 것들을 그는 콕콕 잘도 집어내었다. 꿈보다 해몽. 80년 만에 처음으로 그림 때문에 칭찬을 들은 날이었다. 그렇게 나는 문인화에 빠져들기 시작했다.

화가의 상상력과 기교로 캔버스 위를 빈 공간 없이 꽉 채우는 서양화와 달리 문인화에는 그림도 있고 글도 있지만 그보다는 여백이 훨씬 더 많다. 그 여백을 대신 채우는 것은 보는 이들의 생각이다. 그래서 소통의 공간이 되기도 하는 그 그림이 나는 몹시 마음에 들었다.

그로부터 6개월 후 나의 문인화첩이 동료들에 의해 만들어졌다. 그리곤 내 생애 첫 전시회가 인사동에서 열렸다. 그림 한 장 제대로 그려본 적 없던 내가 전시회라니, 믿기지가 않겠지만 이 미친 짓거리는 동료들의 짓궂은 수작이 벌인 일이었다. 전문가가 보면 웃을 일 아닌가. 그런데 기교나 표현력 면에서나 어디에 비교할 바가 못 되는 내 그림을 많은 사람들이 좋아해주었다. 그림을 보고 그 옆에 적어놓은 글귀를 읽으며 마음의 위안을 얻는다고 했다. 산 위에 뜬 초승달 하나, 멀어져가는 기차, 산비탈에 주저앉아 있는 늙은 소나무, 지붕 위에 눈이 소복하게 쌓인 작은 초가집, 달빛 가득한 마당에서 멀거니 혼자 서 있는 노인⋯⋯. 비록 초라한 그림솜씨지만 팔십 평생 겪었던 나의 희로애락의 풍경들이 보는 이들의 가슴속에 숨어 있던 이야기와 공명을 한 것이리라. 시인처럼 미려한 문장을 쓰지 못하고 화가처럼 멋들어진 기술은 없지만 그림으로 누군가를 위로할 수 있는 재주가 있다는 것을 나는 내 나이 팔십에 처음 발견한 것이다.

문인화를 제대로 그리려면 최소한 오십은 넘어야 한다. 인생의 내공이 어느 정도는 쌓여야 그릴 수 있는 그림이다. 그래야 삶의 경험을 함축하고 사물의 본질을 꿰뚫어보는 눈이 생기기 때문이다. 그림 공부를 따로 한 적도 없는 내가 전시회를 할 만큼 그림을 그릴 수 있었던 것도 인생을 뒤돌아보고 바위와 나무와 대화를 나눌 수 있을 만큼 나이를 먹은 덕분이다.

나는 문인화를 그리면서 참 많이 변했다. 젊은 시절부터 한꺼번에 여러 가지 일들을 하는 습관이 몸에 밴 채로 평생을 살다 보니 한 가지 좋지 못한 버릇이 생겼다. 제한된 시간 안에 다양한 일들을 해내느라 꼼꼼하게 하는 게 아니라 그저 대충대충하게 된 것이다. 그 결과 일을 벌이고 처리하는 속도는 매우 빠르지만 막상 해놓고 나면 엉성하고 구멍이 많다. 무엇 하나 진득하게 들여다보고 철저하게 계산하는 법이 없다.

그런데 문인화를 시작하고 나서 내게도 생각의 깊이라는 것이 생겼다. 문인화에 필요한 삶의 본질에 대한 질문을 스스로에게 던지며 그림을 그리다 보니 한 가지를 진중하게 파고들 줄 알게 된 것이다. 이제야 제대로 내가 나잇값을 하는구나, 하는 생각마저 들었다.

새로운 것에 도전하는 것은 꼭 피가 뜨겁고 모험을 두려워하지 않는 나이에만 가능한 것이 아니다. 만일 내가 나이 팔십에 그림에 도전을 해보자는 엉뚱한 선택을 하지 않았다면 나는 아마 죽을 때까지도 그림을 그려보지 못했을 것이다. 그리고 끝까지 그림과 나는 안 되는 인연이라고 굳게 믿었을 것이다. 재능이 없어서 안 되고, 나이가 너무 많아서 안 되고, 여건이 부족해서 안 된다고 믿으면 결국 시도조차 하지 않게 된다. 과연 나는 진짜로 안 되는 것일까?

세상에 완벽한 것이 없는 것처럼 완벽한 불가능도 없다. 그런데 계속해서 '나는 안 될 것'이라고 생각하다 보면 그것이 나의 가능성을 묶는 사슬이 된다. 내가 재능도 없는 그림을 배우기 시작해서 전시회까지 열게 된 것처럼 상상도 하지 못했던 일이 펼쳐질지 그 누가 알랴. 겁도 나고 초반에는 분명 애를 먹겠지만 그 무엇이든 할까 말까 망설여지는 것이 있다면 일단 '시도'할 만한 가치가 있다고 생각하라. 도전에는 연령 제한이 없다. 그리고 나이가 들어서 하는 도전의 좋은 점은 평생 차곡차곡 쌓은 경험과 연륜이 같이 거들어 준다는 것이다.

나의 첫 문인화첩은 문화인류학 이희수 교수가 '여든 산이 되다'라는 제목을 붙여줬다. 그런데 미술 전공의 김병종 교수가 이건 어린이의 순수한 마음으로 그린 것이라 '여든 소년 산이 되다'로 개제되었다.

문학평론가 홍사종 교수는 옆의 그림에 대한 소회를 아래와 같이 적어주셨다.

"유월의 시베리아 횡단열차 여행의 기억을 그려낸 시베리아 벌판의 풍경은 그야말로 '아무것도 없음'입니다. 물론 문인화는 여백의 미학을 표현하는 예술이기도 합니다. 글과 열차로 확연하게 보여지는 투박한 점들, 하늘에 뿌려진 구름 몇 무더기, 그리고 거기 남겨진 시 두 줄 '차창으로 흐르는 시베리아의 유월 / 꼬박 이틀 난 울기만 했다'에서 우리는 처연히 아름다운 유월 시베리아 벌판의 초록과 온갖 색깔로 형용되는 꽃들의 파노라마와 만날 수 있습니다. 얼마나 비장한 아름다움이었으면 감히 아무것도 그리지 않았을까요. 속살을 드러내지 않고 도를 담고 있는 포도잠거泡道潛居의 지혜가 눈처럼 빛나는 그림입니다."

차창으로 흐르는 시베리아의 유월
꽃밭이 들 난 불러진 했다
이시영

실버들의 리그 |

—

　　　　나이가 들면 몸뚱이 여기저기가 잔고장을 일으킨다. 그래서 보수를 위해 보조기구를 써야 하는 경우가 허다하게 생긴다. 의치를 껴야 하고 인공관절을 넣어야 하고 돋보기를 써야 하고 지팡이를 짚고 다니기도 한다. 이렇게 생명에는 지장이 없지만 삶의 질을 떨어트리는 자잘한 문제들 때문에 노인들이 필수적으로 소비하게 되는 물건들이 꽤 있다. 그중에서 내가 사용하고 있는 것은 보청기다.

　내가 사용하는 보청기는 시중에 나온 것들 중 가장 비싼 것이다. 이것이 없으면 잘 들을 수가 없으니 돈이 문제가 아니라 제일 성능이 좋은 것을 고를 수밖에 없다. 그런데 직접 써보면 세상 불편한 것이 바로 이 보청기라는 괴물이다. 뜬

금없이 삐삐 소리가 나고, 귀에 꽂고 움직이다 보면 금세 빠지기도 한다. 아프기도 하고 가렵기도 하다. 한창 강의를 하는 도중에 충전을 하라고 삐삑거려서 속을 뒤집어놓은 적도 있다. 그동안 보청기점에 열 번도 넘게 드나들었지만 여전히 마음에 들지 않는다. 그런데 더욱 마음에 들지 않는 것은 보청기의 문제를 해결하러 갔을 때다.

가게 사장은 내가 지적한 점들을 확인하기 위해 여기저기를 살핀다. 그러다 직접 보청기를 꺼보기도 한다. 그런데 내귀에서는 자꾸 떨어지기만 하던 보청기가 젊은 사장의 귀에는 멀쩡하게 달라붙어 있는 것이다. 그리고 늙은 나의 귀에는 참기 힘들 만큼 거슬리는 소음이 사장의 귀에는 그저 무시해도 좋을 만한 정도로 들리는지 고개를 갸우뚱거리며 뭐가 문제인지 잘 모르겠다는 표정을 짓는다. 정말 미치고 팔짝 뛸 노릇이다.

그래서 나는 나처럼 늙은 사람이 보청기를 만들어주었으면 하는 생각이 들기 시작했다. 은퇴한 전문가들이 모여서 힘을 합치면 보청기 만드는 회사쯤은 차릴 수 있지 않겠는가. 노인의 마음을 가장 잘 아는 것은 역시 노인이다. 좋은 보청기란 어떤 것인지, 보청기 때문에 왜 귀가 아픈지, 그리고 자꾸 귀에서 빠지는 이유가 무엇인지 알기 위해서는 직접 보청기를 사용해보지 않고서는 모른다. 노인이 무엇이 필요한지, 무엇이 불편한지를 꿰뚫어볼 수 있는 그들이 실버산업을 일으킨다면 그보다 더 경쟁력이 있을 수는 없을 것이다.

실버산업은 시간이 흐를수록 소수계층을 대상으로 하는 구멍가게 장사 수준에 머무르지 않을 것이다. 노인층은 계속해서 늘어나고 노인들이 소비하는 물건도 많아질 것이기 때문이다. 같은 종류의 물건이라도 노인층의 입맛에 맞는 물건은 따로 있다. 그런데 노인들이 좋아할 만한 상품을 찾기가 힘들고, 노인들이 즐길 만한 문화생활이 드물고, 노인들이 갈 만한 곳이 흔치 않은 것이 현실이다. 요즘 소위 '유행'이라고 하는 것들이 거의 젊은이들 위주이며 대중문화도 젊은 층의 취향에 집중되어 있기 때문이다.

분위기가 좋다고 입소문을 탄 식당을 가보면 조명이 어찌나 어두컴컴한지 메뉴판조차 제대로 보이지가 않는다. 그리고 비싼 레스토랑에서도 제일 비싼 메뉴로 꼽히는 스테이크는 사이즈가 너무 크다. 나이가 육십만 넘어가도 하나를 다 먹을 수가 없다. 그런데 너덧 조각으로 썰어놓고 따져보면 한 조각에 이만 원도 넘는 꼴이라 남기기가 아까워 꾸역꾸역 먹게 된다. 스테이크를 어떻게 구워드릴까요, 묻기보다 어떤 사이즈로 드릴까요, 묻는 식당이 생겼으면 좋겠다. 그리고 시력이 좋지 않은 노인들을 위해 실내를 환하고 밝게 꾸민 식당이 생겼으면 좋겠다. 아니, 아예 노인들을 위한 다채로운 건강식을 메뉴로 한 식당이면 더 좋겠다.

얼마 전 일본으로 여행을 갔다가 일본의 젊은이들에게 젊은 사람이 서빙을 하는 식당과 나이든 사람이 서빙을 하는 식당 중에 어디가 좋으냐고 물어본 적이 있었다. 그런데 놀랍게도 다들 나이든 사람이 일하는 식당이 좋다는 것이었다. 그런 사람이 일하는 식당은 왠지 역사도 오래되고 전통이 있는 곳일 것 같다고 했다. 그리고 머리가 희끗희끗한 직원이 말끔하게 옷을 갖춰 입고 서빙을 하면 품격과 무게감이 느껴지고, 이런 분들이 설마 소비자를 속이고 나쁜 걸 먹이지는 않겠지, 하는 생각에 더 신뢰가 간다고도 했다. 이렇게 실버들이 직접 운영하는 중후한 식당이 생겼으면 좋겠다. 실버세대의 입맛을 잘 알고 그들에게 필요한 것이 무엇인지를 잘 맞춰주는 곳이라면 나이가 들었다고 눈치를 보지 않아도 얼마든지 마음 편하게 드나들 수 있지 않겠는가.

사실 소비자 중에서도 주머니를 열 가능성이 가장 높은 층은 중장년이다. 그들의 구미에 맞추는 것이야말로 제대로 시장성을 공략하는 것이다. 베이비부머 세대들은 성실과 끈기로 맨땅에 헤딩하듯 한국 경제를 일으켜온 사람들이다. 그 시절의 경험과 집념이면 못할 일이 없다. 은퇴를 하고 나서 그저 소일거리를 찾아 시간을 축낼 것이 아니라 제2의 직장에 뛰어든다는 각오로 새로운 도전을 해보는 것이다. 노인들의 일자리를 국가에 기댈 것이 아니라 노인들 스스로 만들어낼 수 있다. 이것은 비단 은퇴 후 30년을 계획하는 노인 세대를 위한 일만이 아니다. 젊은 세대에게 또 하나의 가능성을 보여준다는 차원에서도 의미가 있다.

무엇보다 실버들이 하는 실버산업은 노인에 대한 사회적 인식을 바꿀 수 있다. 공원에 옹기종기 모여 바둑을 두는 일로 소일을 하고 하릴없이 지하철을 타고 다니는 사회적 쓸모를 다한 세대가 아니라, 은퇴를 하고 나서도 왕성하게 사회활동을 하며 젊은 세대에게 자극을 주는 모범이 되는 것이다.

노인들이 직접 이끄는 보청기 산업. 말만 들어도 설렌다. '보청기 하나만큼은 한국이 끝내준다.' 이런 소문만 나도 21세기 고령화시대에 해외의 관심을 끌지 않을 수 없다. 거기다가 관광도 시켜주고 발달된 성형기술을 십분 발휘해 열 살은 젊게 보이도록 만들어준다면 전 세계 부자들이 자가용 비행기를 몰고 한국으로 몰려들 것이다. 싱가포르가 어떻게 해서 의료관광의 선진국으로 불릴 수 있었을까? 왜 세계의 부호들이 우리보다도 의료 수준이 낮은 그 작은 섬나라로 몰려들까? 바로 서비스를 잘하기 때문이다. 우리도 마음만 먹으면 그 못지않게 해낼 수 있다. 어디 보청기만이랴. 안경, 치의료기술 등 노인들이 필요로 하는 것들은 무엇이든 대상이 될 수 있다.

이렇게 실버들에 의해 실버산업이 전문화가 되면 그로 인해 생겨나는 일자리 창출 효과가 클 것이고, 사회에 기여하는 노년층에 대한 젊은이들의 인식 역시 달라질 수밖에 없다. 존경과 흠모의 대상이 될 수 있다는 얘기다.

내가 무슨 소리를 하는지 잘 이해가 되지 않거든 일본의 거인 츠타야 씨가 쓴 『취향을 설계하는 곳』을 읽어보라. 일본 가는 길이 있거든 전국 어느 도시에도 있는 츠타야 서점을 꼭 둘러보길 권한다. 젊은이도 늙은이도.

노인들이 의료보험에서 차지하는 비중은 날로 높아지고 그 부담을 짊어질 젊은 세대는 점점 지쳐가고 출산율은 갈수록 급격히 떨어지는 지금, 노인을 불편해하는 인식을 한탄할 것이 아니라 노인들 스스로 무언가를 해야 한다. 은퇴를 하고 났으니 이제는 물러나 앉아 다 차려진 밥상을 받을 생각을 할 것이 아니라 여전히 이 사회의 건강한 구성원으로서 다음 세대들과 함께 고민하고 함께 일할 계획을 세워야 한다.

나이가 저절로 존경심을 이끌어내지 않는다. 존경은 공짜가 아니다. 나이가 들었다고 어디서든 대접을 받고자 하는 것은 스스로를 '미운 몇 살'로 만드는 지름길이다. 은퇴를 하고 나면 이제 더 이상 현역이 아닌 것이 아니라 실버들의 리그로 들어선 것이다. 이제 이 리그가 실버산업의 주역으로 나서야 할 때다. 그리고 경험과 연륜으로 무장한 이 리그

가 얼마나 무한한 가능성을 잠재하고 있는지 보여주어야 한
다. 그래서 나도 제법 만족할 만한 보청기를 껴보는 날이 하
루빨리 왔으면 좋겠다.

필요한 사람 |

———

어느새 올해로 여든여섯이 되었다. 그동안 의사로, 강사로, 작가로, 선마을 촌장으로, 세로토닌 문화원장으로, 끊임없이 다양한 일들을 해왔지만 난 단 한 번도 은퇴를 고려해본 적이 없다. 은퇴란 단순히 직장을 그만두는 '퇴직'과는 차이가 있다. 사전적 의미로의 은퇴는 사회활동에서 손을 떼고 한가로이 지내는 것을 의미한다. 그래서 내 사전에 은퇴란 없다. 나는 아직도 누군가에게 필요한 존재이고 싶기 때문이다.

사람들은 은퇴란 우리 인생에서 '최악의 선택'을 하는 것이라고 말한다.

군복무를 마치고 전역을 하고 나면 예비역, 그리고 정기적인 민방위 훈련에 참가해야 한다. 그런데 이것도 만 40세가 마지막이다. 민방위 훈련 소집이 떨어질 때마다 그렇지 않아도 정신없이 바쁜데 그처럼 귀찮은 게 없더니 막상 더 이상 나오지 말라고 하니 시원하면서도 섭섭했던 기억이 난다. 현역이나 예비역일 때만 해도 나는 어딘가에 꼭 있어야 하는 존재였는데 만 41세가 되어 나라가 날 찾지 않게 된 순간, 내가 필요 없는 존재가 되었다는 그 기분은 무척이나 낯설고 서운한 것이었다.

성균관대에서 교수 퇴임을 맞았다. 퇴임식을 준비한다는 말을 듣고 총장에게 나는 안 간다고 했다. 왜? 나는 생애 현역이니까. 나이 들었다는 이유 하나로 쫓겨나는 뒷모습을 학생들, 후배 교수에게 보이고 싶지 않았다.

나는 지금도 지하철을 탈 때는 꼭 돈을 낸다. 여전히 당당한 현역이기 때문이다. 저녁 무렵 붐비는 여의도역에 내리면 퇴근을 하는 젊은이들 무리에 휩쓸려 이리 저리 밀리긴 하지만 기분은 흐뭇하다. 때로는 그들과 어울려 포장마차에서 대포도 한 잔 한다. 어느 순간 내가 늙었다는 생각이 들지 않는다. 아직은 나도 그들처럼 어엿한 이 사회의 일원으로 제구실을 하고 있다는 느낌이 들기 때문이다. 고요한 밤 책상 앞에 앉아 글을 쓸 때도 이 책이 세상에 나왔을 때 나의 생각을 함께 공유하고 읽어줄 누군가를 생각하면 힘겨운 일도 즐겁기만 하다.

평생 브레이크가 고장 난 기차처럼 쉬지도 않고 바쁘게 일을 해왔지만 나는 '한가로운 삶'을 꿈꾸지 않는다. 은퇴를 생각해본 적이 없다는 것은 쉬고 싶다는 생각을 해본 적이 없다는 의미일 것이다. 나에게는 일과 휴식의 구분이 없었다. 일을 하지 않는 시간에는 책을 읽었고, 여행을 갈 때면 보고 겪은 것을 눈과 마음에 한껏 담고 돌아와 글로 풀어냈다. 사회에 대한 관심을 유지해야 하는 직업을 가진 덕에 화제가 되는 영화를 보고, 드라마를 보고, 음악회를 가는 것이 공부이자 일의 일부였다. 환자들과 원활한 대화를 하기 위해서 꼭 필요한 일이기도 했지만 개인적인 즐거움이기도 했다. 그래서인지 몰라도 나는 한 번도 따로 작정하고 휴가란 것을 가본 적이 없다. 내 생활 전체가 휴가인데 무슨 휴가를 따로 가?

그렇다고 나이가 들어서 일을 계속하는 것이 그저 편하고 즐겁고 좋기만 할 리는 없다. 일이란 어디까지나 힘겨움을 동반한 노동이 본질이다. 강연을 끝내고 나면 말 한마디 더 하고 싶지 않을 정도로 힘이 빠진다. 갈비뼈가 시큰시큰하고 등허리에 식은땀이 줄줄 흐른다. 특히 그날 청중들 반응이 좀 시큰둥했다는 생각이 들면 한참을 자괴감에 빠져 허우적거릴 때도 있다. 그다음 며칠은 밥맛까지 뚝 떨어진다. 그래도 결코 '은퇴'를 해야겠다는 생각을 해본 적이 없다.

나에게 일이란 나의 존재를 필요한 것으로 만드는 즐거움이다. 일이 주는 희로애락은 그것이 말 그대로 기쁨이든 슬픔이든 분노든 나의 감정에 진폭을 만들어 생생하게 살아 있는 나를 느끼게 해준다. 그리고 내가 아직도 쓸모 있고 필요한 사람이라는 자부심을 심어준다. 그러니 굳이 일에서 벗어나 그저 하릴없이 노닥거리는 삶을 택할 이유가 내게는 없는 것이다.

주위에서 내게 어떻게 그 나이에도 그렇게 젊음과 건강을 유지할 수 있느냐는 질문을 심심찮게 한다. 내 대답은 간단명료하다.

"나는 지금껏 현역이니까."

앞으로 얼마나 더 살게 되든지간에 그 마지막 순간까지 나는 현역일 것이다.

삶에서 암초를 만나는 일은
나이에 상관없이 삶의 어느 지점에서든 일어난다.
그러니 좌초되지 않고 살아남아
다시 항해를 계속할 수 있는 나이가
따로 있어서는 안 되는 것이다.
살아 있는 한 우리에게는 늘 내일이란 것이 있다.
그래서 우리는 그 내일을 어떻게 살면 좋을지
늘 고민해야 한다.

은퇴를 앞둔 그대에게 　|

오십 고개를 넘어가면 슬슬 인생의 전반전이 마무리에 들어간다. 어떤 경기든 제대로 승부를 보려면 후반전을 잘 치러야 한다. 전반전에 전력을 다해 점수를 충분히 올려놓았다고 후반전을 설렁설렁했다가는 다 된 밥에 코 빠트리는 수가 있다. 그리고 전반전에 너무 전력을 다한 나머지 체력이 모자라 후반전에 빌빌대다 막판에 판세가 뒤집힐 수도 있다. 남아 있는 후반전을 미리 염두에 두고 계획을 잘 세운 뒤 전반전과 균형을 맞추어 최선을 다해 뛰어야 한다.

인생의 전반전은 생계를 위한 일, 어쩔 수 없이 해온 일이 꼭 적성에 맞고 좋아하는 일일 수는 없다. 바라던 일이 아니었지만 어쩌다 기회가 주어지는 바람에 그냥 열심히 했을 수도 있고, 또 누군가는 정말 괴롭고 하기 싫지만 가족을 위해 억지로 버텼을 수도 있다. 그렇게 젊은 시절을 다 보내고 어느새 전반전이 끝나버렸으니 후회도 되고 억울한 일일 수도 있다. 그래서 우리에게 주어지는 것이 바로 내가 선택할 수 있는 자유로운 후반전이다.

전반전은 앞만 보고 뛰어야 했지만 후반전만큼은 내 마음 대로 선택할 수 있다. 그동안 먹고사느라 바빠서 잠시 잊고 살던 '자아'를 찾아 내 의지대로 살 수 있는 자유의 시간이 온 것이다. 미국에서는 누군가 은퇴를 하게 되면 파티를 연다. 나도 그런 파티에 참석한 적이 있었는데 신나는 분위기에 모두가 진심으로 은퇴를 축하해주는 모습이 내겐 낯설기 짝이 없었다. 내가 아는 은퇴란 나이가 들어, 그리고 밑에서부터 치고 올라오는 후배들에게 등을 떠밀려 쓸쓸이 밀려나듯 나가는 우울한 것이었기 때문이다.

은퇴 후에 찾아오는 급격한 우울감과 위축감은 정신병이라 불러도 무방할 정도다. 은퇴 우울증은 흔하게 보는 일이다. '은퇴 정신병'이란 말도 있다. 이것만이 아니다. 은퇴 후 우리 심신에 일어나는 변화를 보면 은퇴는 최악의 선택이란 말에 공감을 하게 될 것이다.

연구 보고에 의하면 은퇴자는 심장마비, 뇌졸중 등 심혈관계 문제가 발생할 가능성이 40% 높다. 혈압, 콜레스테롤, 체질량지수도 물론 올라간다. 암, 당뇨병에 걸릴 확률도 높아지고 만성적 고통에 시달릴 위험도 현역에 비해 21%나 높다. 기억력도 25% 떨어지고 우울증에 걸릴 확률도 40% 증가한다. 끔찍한 일이다. 이 보고서는 은퇴해야 할 나이는 없다는 말로 결론을 내리고 있다.

문제는 은퇴는 선택이 아니라는 데 있다. 피할 수 없는 은퇴라면 그후에도 현역 같은 생활을 해야 위에서 열거한 재앙들을 예방할 수 있다. 은퇴 후 생활습관이 그만큼 중요해졌다. 관리에 소홀했던 현역 시절과는 달리 관리에 더욱 신경을 써야 한다. 한순간에 정신이 무너질 수도 있기 때문이다.

어떤 병이든 예방이 최선이다. '내가 설마' 하고 생각하는 순간 언제든 병이 기어들어올 수 있는 문을 열어주고 있는 셈이다. 운을 믿고 하늘을 믿는 것도 젊은 배짱으로나 할 수 있는 일이지 나이가 들고 나서의 삶은 스스로 책임을 져야 한다. 후반전이 시작되는 때에 '닥치면 어떻게든 되겠지'라는 생각으로 방심을 하고 있다간 큰코다친다. 어느새 경기는 벌어지고 당장 어떻게 끌고 나가야 할지 몰라 막막한 상황에 빠질 수 있다. 그리고 그런 자신에 대한 절망감은 정신의 위기를 더욱 부채질한다. 그렇다고 '감으로' 경기를 해서도 안 된다. 아무런 계획도 없이 갈팡질팡하다간 후반전을 망칠 수도 있다.

후반전에 들어서면서 넘어야 할 첫 관문은 선택이다. 모든 인생의 선택이 그렇듯 그 선택에 대한 책임은 내가 지는 것이다. 인생은 어떤 시기든 쉽게 살 수는 없다. 은퇴를 하고 나서도 마찬가지. 전반전을 너무 열심히 뛰다가 체력이 다 되고 후반전 전에 벤치에 앉으면 그로써 끝장이다. 한 번도 내 마음대로 살아보지 못하고 쓸쓸하게 퇴장을 해서야 억울하지 않겠는가. 늙은 개라고 뒷문으로 슬쩍 사라지듯 갈 순 없지 않은가. 그러니 후반전의 선택을 최선의 것으로 만들기 위해 전반전부터 살짝살짝 시동을 걸고 준비를 해야 한다. 이게 열쇠KEY다.

한창 사회생활을 하는 와중이라야 이것저것 궁금한 것들을 물어보러 다닐 수도 있고 인맥을 다져놓기도 수월하다. 그러나 은퇴를 하고 난 후에 시작해봐야 제대로 상대해주는 이가 잘 없다. 그리고 느긋하고 꼼꼼하게 준비할 수 있는 마음의 여유도 이때뿐이다. 아무런 준비 없이 은퇴를 하고 나면 무언가에 쫓기는 듯한 기분이 들게 된다. 이대로 몇 푼 안 되는 퇴직금과 적금을 다 까먹고 나면 코딱지만 한 연금만 남을 텐데, 어쩌나 하는 생각에 마음이 급해지는 것이다. 그래서 섣부른 결정을 내리기도 쉽다.

　　물론 현재 몸담고 있는 일을 게을리할 순 없다. 하지만 틈틈이 짬을 내어, 혹은 퇴근 후에라도 은퇴 후 할 일을 지금부터 준비해야 한다. 지금은 까마득한 미래의 일처럼 느껴질지라도 나이듦을 피할 수 없는 것처럼 인생의 후반전이 시작될 그 날을 늦기 전에 이제부터라도 머릿속에 그려보아야 한다.

GO GO YO |

'고고 YO.' 낯선 말이긴 하지만 선마을에서 새로 론칭한 프로그램의 이름이다. 지금까지 내가 진행해온 '하이 라이프' 프로그램을 조금씩 업데이트하긴 했지만 10년 넘게 해오다 보니 식상한 점도 있고 또 고객층이 그간 달라졌기 때문에 개편된 것이다.

'YO세대'란 말은 가끔 잡지에 본 기억이 있을 것이다. YO는 'Young Old' 세대를 지칭하는 말이다. 시카고 대학 뉴가톤이 새로 분류한 세대, 즉 55세~75세 사이의 연령층을 일컫는 말이다. 55세가 어찌 Old냐? 55세가 되면 슬슬 은퇴가 시작된다. 은퇴하면 사회적으로는 Old 계층에 속한다. 75세가 어찌 Young이냐? 지금의 75세는 신체적으로 젊은 층에 속한다. 체력 면에서도 젊은이 못지않다. 조물주는 인간의 신체적 능력과 힘을 넉넉하게 만들어주셨다. 평소 20%만 써도 생활에 지장이 없다. 나머지 80%는 비상시 예비력으로 비축해둔 것이다. 100m 달리기만 아니라면 신체적으로는 젊은이다.

다음 정신력은 어떤가? 이 나이가 되면 은퇴 후 여러 가지 정서적 문제가 뒤따를 수 있다. 하지만 이들의 세상을 두루 볼 줄 아는 관조, 참고 기다리는 인내성, 적응력 등은 젊은이를 압도한다. 오랜 연륜과 내공이 쌓인 결정성 지능이나 언어성 지능은 젊은이를 능가한다.

사회력은 어떤가? 돈, 시간, 경험, 정보, 네트워크, 충성도…… 이것 말고 또 필요한 게 더 있을까? 영적인 면에서도 젊은이가 경험해보지 못하는 세계이다. 이 세대를 Young으로 규정한들 누구도 이의를 달 수 없다. 오히려 젊은이를 압도한다.

결론적으로 75세까지는 우리가 일상적으로 쓰는 개념의 노년이 아닌 젊은이라는 뜻이다. 뉴가톤의 분류에 의하면 노령이라면 75세 이상이어야 한다는 것이다. 그제야 노인

대접을 받게 된다는 뜻이다.

우리가 65세를 노인이라 부르는 건 오래전에 WHO에서 내린 기준을 따르는 것이다. 그러나 세계적으로 이 기준은 너무 이르다는 게 통념이다. 멀지 않은 장래에 개정되리라 본다. 하긴 이 문제를 진지하게 제기한 건 대한노인회였다. 70세까지는 노인 취급하지 말라는 논지였다. 반색을 한 건 지하철이다. 수조 원 적자를 내는 회사로선 70세 상향 의견에 전폭적인 지지를 할 수밖에 없었다. 그러자 노인회가 깜짝 놀라 지하철 무료 승차는 65세로 그냥 두고! 라는 보도를 내보내기도 했다.

이야기가 빗나갔지만 이웃 일본에선 현역 80세론이 대두되고 있다. 실제로 일본에 가보면 공원이나 빌딩 청소에 백발 노인들이 부지런한 손길을 놀리고 있는 걸 쉽게 볼 수 있다. 그런가 하면 부자 나라 서구에선 빨리 은퇴하고 노후를 마음껏 즐기자는 풍조가 대세다. 민족성의 차이겠지만 한국이나 일본은 근면하기로 세계적이다. 오죽하면 한국 정부에서 일 좀 그만하라고 칼을 빼들었을까.

물론 나도 죽을 때까지 풀타임Full Time으로 뛰란 소리는 아니다. 요즘은 프로슈머Prosumer•라는 말을 자주 듣게 된다. 생산적이면서 동시에 소비적이어야 한다는 절충형이다. 제2의 인생은 이래야 한다는 것이다. 요즘 워라밸Work-Life Balance을 들고 나온 쪽은 젊은이들이지만 일 중독자라 불릴 만큼 열심인 YO세대도 차분히 듣고 생활에 균형을 잘 잡아야 한다.

• 프로슈머: 제품 개발에 적극 참여하고 의사를 표현하는 소비자

제2의 인생은
선택이 아닌 필수 |

———

　　100세 시대가 왔다. 한국인의 평균수명
이 80세를 넘어섰고 암과 혈관질환이 없는 이상 90세까지
는 너끈히 산다고 한다. 2030년에 태어나는 아이들의 기대
수명은 평균치가 90세. 과학과 의학의 급속한 발전이 가져
온 결과가 참으로 눈부시다. 질병 없이 오래 사는 것이야 인
류의 오랜 숙원이다. 하지만 길어진 평균수명에 필연적으로
뒤따르는 과제를 간과해서는 안 된다. 이전 세대들이 누려
보지 못했던 숱한 날들이 우리 앞에 다가왔다. 그러나 어떻
게 살아낼 것인가를 진지하게 고민하고 생각하는 것은 우리
들 각자의 몫이다.

　　현재 한국 사회의 노인 인구가 전체의 14%를 넘어섰고

2030년이 되면 24%가 넘을 것이라고 한다. 노인 복지 문제가 화두로 떠오를 수밖에 없다. 연금이나 보험에 기대는 것에는 한계가 있다. 고령화도 빠르지만 저출산도 세계 최고다. 납부하는 쪽보다 받는 쪽이 많아지다 보면 언제 바닥을 드러낼지 모르기 때문이다. 청년 실업과 더불어 충분히 일할 수 있는 노인들의 고용 문제가 사회적 이슈로 대두된 지 오래다. 그러나 이런 문제들을 언제까지나 사회나 국가가 해결해주기만을 기다릴 수는 없다. 안타까운 일이지만 지금의 고령자 세대에겐 아직까지는 전적으로 개인의 몫이다.

한국인의 평균 은퇴 연령은 만 56세로 OECD 국가 중 가장 낮은 축에 속한다. 2016년부터 시행된 고용상 연령차별 금지법으로 은퇴 연령이 만 60세가 되기는 했지만 실상 한국의 평범한 직장인들은 쉰 고개만 올라서도 은퇴 걱정을 시작해야 한다. 운 좋아 젊은 날 얻은 직장이 평생직장이었다고 해도 60세면 물러나야 한다. 90세까지 산다고 치면 은퇴 후 얼추 30년은 더 살아야 하는, 또 한 번의 삶이 기다리고 있다. 옛날에야 환갑잔치도 하고 그러다 칠순을 맞게 되면 온 가족이 모여 동네가 떠들썩하게 거한 축하를 하곤 했었다. 그런데 요즘 환갑은 그 시절의 마흔이나 마찬가지다. 나이만 환갑이지 몸도 마음도 아직 팔팔하게 기운이 넘치는 그 나이에 은퇴 후 과연 남은 시간을 어떻게 살 것인가.

아무런 일도 하지 않고 빈둥거리면서 30년을 보내야 할까? 하루의 끝에 잠자리에 들며 아, 오늘 하루 충실했다. 뿌듯해하던 그 순간은 이제 영원히 오지 않는 것일까? 더 이상 아무도 나를 필요로 하지 않게 되는 걸까? 아직 이렇게 건강한데 아침에 일어나 아무 데도 갈 곳이 없으면 어떻게 되는 거지? 이런 의문이 하나라도 든다면 당장이라도 자던 이불을 걷어차고 벌떡 일어나라. 진지하게 고민을 시작해야 한다.

은퇴 준비에서 많은 이들이 제일 먼저 떠올리는 것이 경제적인 부분이다. 그래서 많은 전문가들은 일찌감치 재테크, 투자, 은퇴 후 생계에 문제가 생기지 않는 방법들을 꼼꼼하게 조언한다. 그러나 돈만 있으면 은퇴 준비가 모두 끝나는 것일까?

나는 의사로서 정년인 65세에서 5년 연장한 70세까지 일을 했고, 사회정신건강연구소에 몇 년간 있다가 강원도 홍천에 선마을을 열었고, 그리고 세로토닌 문화원 일도 하고 있다. 나이를 먹었다고 그저 원장 직함만 걸어놓고 있는 것이 아니다. 매일 사무실에 출근, 젊은 연구원들과 머리를 맞대고 일을 한다. 은퇴를 생각해본 적도, 준비해본 적도 없다. 내가 끊임없이 고민하고 준비했던 것은 앞으로 해야 할 일들이었다.

90년 인생을 한 가지 직업만으로 버티기에는 너무 길다. 물론 저마다 행복의 기준에는 차이가 있다. 은퇴 후 아담한 전원주택을 짓고 텃밭을 가꾸며 친구들을 만나고 여행을 다니며 소소한 즐거움을 누리는 것이 행복일 수도 있다. 그러나 그런 여유와 휴식만으로 채우기에 30년이라는 세월은 너무 길다. 무작정 쉬는 게 힘든 노동이 될 수 있기 때문이다. 즐거운 일이 노동이 되는 아이러니다.

연구 보고에 의하면 은퇴 후의 행복한 삶이 소득 수준보다 건강이나 사회적 참여도에 더 큰 영향을 받는다고 한다. 경제적인 안정이 은퇴 후의 삶의 질을 좌우할 것이라는 일반적인 예측과는 다른 결과다. 나 역시 마찬가지. 내게 중요한 것은 끝까지 이 사회의 구성원으로 남는 일이다. 은퇴 후 생계에 대한 부담에서 놓여나는 해방감도 크겠지만 남은 생에서도 내게 지속적으로 삶의 의미를 부여해줄 수 있는 일이 있어야 한다.

복권에 당첨되어 하루아침에 벼락부자가 된 사람들 중에 그 엄청난 돈을 제대로 폼나게 쓰는 사람은 아주 극소수에 불과하다. 평생에 한 번도 만져보지 못한 큰돈이 갑자기 생긴 사람들은 그 돈을 어떻게 써야 할지 몰라 흥청망청 낭비를 하며 탕진하다가 순식간에 모두 날리고 불행에 빠지는 일이 다반사다.

은퇴란 평생에 한 번도 가져보지 못한 자유 시간이 주어지는 것이다. 한창 일을 할 때는 하루에 몇 시간만이라도 나만의 시간을 갖는 것이 소원이었다. 그런데 무려 30년이라는 백지수표 같은 시간이 내 앞에 떨어졌다. 복권에 당첨되는 일은 뜻하지 않게 일어나지만 은퇴는 미리 앞을 내다볼 수 있다는 것이다. 그러니 돈벼락을 맞고도 알거지가 되지 않도록 그 많은 시간에 대한 계획을 야무지게 세워야 한다.

'아무것도 하지 않는 삶'이란 그저 마지막 순간이 다가오는 것을 넋 놓고 기다리며 의미 없는 세월을 보내는 것이나 진배없다. 은퇴 후라고 해서 하루하루가 덜 소중한 게 아니지 않은가. 오히려 남은 시간이 한정되어 있다는 것을 피부로 느끼기에 초침 돌아가는 것이 아까울 정도로 더욱 귀하다. 그러니 이제 제2의 인생을 설계하는 일은 개인의 선택이 아닌 필수인 시대가 온 것이다.

10년의 투자　│

―

　　　　　강원도 홍천 종자산 산자락, 숲속 깊은
곳에 자리 잡은 힐리언스 선마을은 TV도 없고 핸드폰도 터
지지 않으며 에어컨, 냉장고조차 없는 곳이다. 이곳을 찾는
이들은 자연 속에서 명상을 하고, 산을 오르고, 심심한 건강
식으로 식사를 하며 마음껏 휴식을 취한다. 인간이 본래 타
고난 자연치유력을 회복할 수 있게 도와주는 것이다. 처음
선마을이라는 곳을 만들어야겠다고 마음을 먹은 것이 50대
즈음이었다. 그리고 조금씩 자연의학에 대한 공부를 하며
준비를 해나갔다. 그 계기는 내 자신의 개인적 경험에서 비
롯된다.
　　40대 후반에 허리 디스크로 몸이 고장 나면서 몸무게가

85킬로그램까지 불어났었다. 수술까지 해야 할 지경이 되었지만 난 수술받지 않고 그냥 나왔다. 의사란 놈이 제 몸 관리 하나 잘못해 병이 났으니 벌을 받아야 한다며. 수술도 약도 마다하고 엉금엉금 기어서 집으로 돌아왔다. 몸이 그 지경이 될 때까지 혹사한 나 자신에게 화가 났다. '미리 주의해서 내 몸을 살폈더라면 이 고생 안 해도 됐을 텐데.' 생각이 여기에 미치자 병원에서 진료 차례를 하염없이 기다리며 앉아 있는 수많은 환자들이 눈에 들어왔다. 그들 역시 따지고 보면 고장 나기 전에 조심하지 않아서 병이 생긴 것이다. 사람은 저마다 면역력과 자연치유력을 가지고 태어나지만 이런저런 고약한 생활습관에 의해 무너지기 때문이다. 그래서 병이 난 뒤에 병을 고치는 곳이 아니라 병이 들기 전에 근본적인 생활습관을 고치는 곳을 만들어야겠다는 결심을 하게 된 것이다.

산골짜기에 있는 선마을에 처음 들어선 이들은 언덕과 계단을 보며 질색을 한다. 지하철 에스컬레이터 앞에는 사람들이 한참 꼬리를 물고 길게 줄을 선다. 그 바로 옆 계단은 텅텅 비어 있는데. 그러나 선마을에서는 달리 선택의 여지가 없다. 일단 비탈길이나 계단을 오르내리다 보면 그리 힘든 일이 아니라는 것을 금세 깨닫게 된다. 지나친 편리는 인간의 몸에 약이 아니라 독이다. 선마을을 문명의 이기를 모두 치워버린, 할 일이라고는 그저 맑은 공기를 마시고 새소리를 듣고 자연 속에서 걷는 일밖에 없는 곳으로 구상한 것도 그런 이유에서이다. 진료하랴, 학생들 가르치랴, 강연 다니랴, 한창 정신없이 일하던 시기였지만 틈틈이 시간을 내어 준비를 했다. 문화기행, 역사기행, 각종 학회를 쫓아다니며 머릿속에만 있던 계획을 구체화시키면서 적당한 장소를 물색하기 시작했다.

처음에는 모두들 반대를 하고 나섰다. 요양소도 아니고 병원도 아니고, 그렇다고 수양을 쌓는 절도 아니고, 연수원도 아니고, '재미'가 있을 만한 것 하나 없는 거기서 도대체 뭘 하겠다는 거냐? 오백 번도 넘게 설명했다. 사람들을 설득하는 일이 만만치가 않았다. 도시 생활을 하며 약해진 자연치유력을 되살리면 질병을 예방할 수 있다는 그 간단한 논리를 사람들은 도대체 왜 못 알아듣는 걸까, 답답하고 이해할 수가 없었다.

공무원들은 한술 더 떠서 선례가 없다며 손사래를 쳤다. 선례가 없는 것이 당연하지 않은가. 한국에 선례가 있었다면 왜 내가 그 오랜 시간을 들이며 그 고생을 했을까. 나는 다시 한 번 큰 벽에 부딪친 듯했다. 선례를 만들려고 하지 않으면 발전이란 게 있을 수가 없다. 인류의 역사에 족적을 남긴 모든 새로운 것들은 선례가 없었다. 어떤 문제가 주어지면 빠른 속도로 분석하고 정리를 해서 해결점을 찾아내는 응용력에 있어서는 한국인들이 세계적인 수준이다. 그러나 하늘 아래 없던 새로운 것을 만들어내는 창의력 부분에서는 고전을 면치 못한다. 선례에 의지하면 우리는 남이 이미 갔던 길만을 반복해서 갈 뿐이고, 남이 이미 만들어놓은 것을 따라서 만들 뿐이며, 남이 이미 했던 것을 흉내를 낼 뿐이다. 4차 산업혁명시대에는 새로운 것을 만들어내는 도전과 모험이 답이다. 선례를 고집하는 것은 망하는 지름길이다.

처음부터 나서서 밀어주는 사람은 없었지만 나는 확신이 있었다. 아무리 주위에서 안 된다고 말려도 포기할 수가 없었다. 우여곡절 끝에 마침내 홍천의 선마을이 문을 연 것이 2005년. 그러니까 구상하고 준비하는 데만 무려 20년이 걸린 셈이다.

막상 터를 잡고 보니 문제는 자금이었다. 정말 다행히도 고맙게 많은 지인들이 선뜻 투자를 해주었다. 그러나 모두들 의욕만 있을 뿐 건강 관련 사업을 해본 사람은 없었다. 이런 팀으로서는 운영이 어려울 것 같다는 생각에 원금을 돌려주기로 약속하고 해체하지 않으면 안 되었다.

그리고 찾아간 곳이 대웅제약과 풀무원 CEO였다. 흔쾌히 승낙을 받고 본격적인 사업이 시작되었다. 그간 경영상 어려운 일이 많았지만 적자를 감수하고 우리의 건강 철학이나 이념이 훼손되지 않게 이끌어주신 대웅 윤재승 회장, 풀무원 남승우 회장 두 분께 존경과 감사를 드린다. 이제 우리 선마을은 세계적인 관심을 끄는 힐링의 명소가 되었다. 게다가 여기서 머물지 않고 글로벌 기업으로 성장시키기 위한 밑그림이 착착 진행되고 있다. 누구도 생각해보지 못한 일을 주위의 도움과 특히 두 회장의 이해와 공감으로 오늘의 선마을이 세계적 명품으로 탄생하게 된 것이다. 있는 길을 가는 게 아니라 가면 길이 열리게 되어 있는 것이다.

통계에 따르면 창업에 관심이 있는 사람들 가운데 50대 이상이 가장 큰 비중을 차지한다고 한다. 은퇴를 앞둔 사람들이 가장 많이 생각하는 것이 창업이라는 얘기다. 그러나 하루에 새로 생겨나는 가게만 2천 5백 개에 이르고 3천 5백 개가 문을 닫는다고 한다. 제2의 인생을 위해 섣불리 나섰다가는 그 선택이 제 무덤이 될 확률이 대단히 높다는 소리다. 가장 만만하게 창업을 생각하는 음식 프랜차이즈 사업의 경우, 90%가 망한다는 얘기도 있다. 그렇지만 이런 온갖 불길한 통계치 숫자들에도 불구하고 나름대로 안정된 자리를 잡는 사람들도 분명히 있다. 그들의 생존 비결은 '무엇을 하느냐'가 아니라 '어떻게 하느냐'이다. 시류에 편승하여 '나도 한 번'이라는 요행수를 노리고 대충 내리는 결정과 오랫동안 공을 들여 치밀하게 준비한 결정이 같을 수가 없다.

처음 취직을 하기 위해 우리가 어떤 노력을 했었는지를 뒤돌아보자. 자신이 하고 싶은 일이 무엇인지를 고민하고, 그 일을 할 수 있는 곳이 어딘지를 찾아보고, 정보를 모으고, 공부를 하고, 필요한 것들을 차근차근 준비하느라 몇 달, 몇 년을 소비하기도 했다. 그런데 이 모든 절차가 두 번째라고 단축되지는 않는다.

무엇을 하든 은퇴 이후에 인생 2막을 준비하고자 한다면 적어도 최소한 은퇴하기 10년 전부터 시작해야 한다. 식당을 마음에 두고 있다면 식당 아르바이트부터 해야 한다. 남들이 퇴근 후에 삼겹살에 소주 한 잔을 걸치며 스트레스를 푸는 사이 나는 식당 주방에서 일을 하며 조리법에서 식재료는 어디서 사고, 어떻게 다듬으며, 음식량은 어떻게 계산을 하는지를 차근차근 배워야 한다. 그리고 내가 제일 자신 있게 만들 수 있는 메뉴 하나 정도는 개발을 해놓아야 한다. 흔한 김치찌개 하나라도 10년간 매일 끓이면 도가 트고 나만의 비법이 생긴다. 여기에 연구에 연구를 거듭, 어디에 내놔도 칭찬받을 만한 비장의 메뉴가 생겨야 사람들이 모인다.

'숨겨진 맛집'이라고 추천을 받아 가보면 허름하고 오래된 가게이거나 아예 간판도 없는 동네 흔한 살림집 같은 식당일 때가 많다. 처음에는 다들 주인의 손맛이 알음알음으로 소문이 나서 찾는다. 그러다 안방에 손님을 받고 건넌방에 손님을 받고, 장사가 너무 잘돼 마당에까지 테이블을 놓고도 문 앞에 사람들이 대기표를 받고 기다린다. 명품은 하루아침에 화려하게 만들어지지 않는다. 손때가 묻고 땀에

젖어야 명품이 된다.

　은퇴 준비에 10년이라는 긴 시간이 필요한 또 하나의 이유는 일과 병행을 해야 하기 때문이다. 한창 일할 나이, 출근하면 일에 쫓겨 살기 바쁜데 언제 그럴 짬이 나느냐고 하지만 '너무 바빠서' 할 수 없는 일이란 없다. '바빠서 전화를 못 했다'는 말은 '어쩌다 보니 네 생각이 조금도 나지 않았다'는 말과 다름없다. '바빠서 생각할 겨를이 없었다'는 말은 '그 일보다는 다른 일이 훨씬 더 중요했다'는 말이다. 사람은 아무리 바빠도 정말로 중요하게 생각하고 꼭 하고 싶은 일은 시간을 어떻게든 쪼개어서 하게 되어 있다. 그러다 보면 가뜩이나 빡빡한 일상이 더 빡빡해질 수는 있다. 당장 쉬고 싶은데 쉴 수가 없으니 더 괴로울 수도 있다. 그러나 은퇴 후에 남은 길고 긴 시간을 생각하면 눈 질끈 감고 10년의 여유를 과감하게 투자할 만하지 않은가. 인생 1막을 준비하기 위해 우리가 쏟아야 했던 그 모든 열정과 노력을 생각해보라. 대입 수험 공부와 취업 준비를 위해 그 숱한 시간들을 바치고도 만족할 만한 결과를 얻지 못했다면 이제 다가올 인생 2막을 준비하는 데에는 더더욱 공을 들여야만 한다.

의미 있는 은둔생활 |

―

　　내가 한창 선마을 설립에 열을 올리고 있을 때였다. 도대체 이 첩첩산중에 누가 찾아오려고 할까? 당장 건물을 짓는 것도 문제였지만 스태프들에게는 손님이 들지 않을 것이 더 걱정이었다. 그래서 홍보 광고를 어떻게 할 것인가를 놓고 고민이 많았다. 그러려면 돈도 문제였지만 나는 어쩐지 격이 떨어질 것 같은 생각에 망설여졌다. 선마을이 완성되어갈 무렵 경영진에서는 대대적인 광고를 할 계획을 세웠다. 그러나 나는 단호히 반대하고 나섰다.

　　"1년만 기다려주십시오. 그리고 그 동안에 회사 임직원이나 중요한 손님들을 챙겨서 보내주시고요."

　　스태프들이 모두 의아한 눈으로 나를 쳐다보았다. 광고

도 하지 않는데 누가 이런 산골짜기를 제 발로 찾아온단 말인가? 그러나 내게는 계략이 있었다.

선마을을 구체적으로 구상하고 만드는 데 족히 4년이 걸렸다. 그리고 그 동안 나는 한 번도 세상에 얼굴을 내비치지 않았다. 텔레비전이나 신문, 라디오, 잡지 등 나를 찾는 곳이라면 어디든 잘 나서는 성격 덕분에 꽤나 유명인사가 되었더랬다. 그렇게 요란스럽던 사람이 자취를 감추었으니 호기심 많은 매스컴에서 궁금증을 품는 것은 당연했다. 사회적으로 큰 파장을 일으키는 문제가 생길 때마다 나를 찾아와 의견을 묻던 기자들도 나의 부재가 아쉬워질 수밖에 없었다. 그래서 내가 어디서 무엇을 하고 있는지 근황을 캐기 시작했다.

온갖 소문이 꼬리에 꼬리를 물었다. 공부하러 외국으로 떠났다더라, 이민을 갔다더라……. 이 정도는 약과였다. 마누라한테 쫓겨났다더라, 절로 들어가 중이 되었다더라는 카더라 통신까지 나돌았다. 어느 신문기자는 제주도 어느 절에서 승복을 입은 나를 만났다고도 했고 심지어 죽었다는 이야기까지 전해졌다. 이것이 바로 내가 노린 것이었으니 나의 작전이 제대로 먹힌 셈이었다.

선마을이 문을 열고 세로토닌 캠프가 시작되자 역시 낯선 방문객이라고는 그림자도 보이지 않고 관련 기업체의 임직원들만 드문드문 다녀갔다. 그것도 잠시 이 박사가 홍천 산골짜기에서 연수원인지 뭔지 듣도 보도 못한 일을 하고 있더라, 라는 소문이 조금씩 퍼져나가기 시작했다. 그러자 호기심 많은 기자들이 하나둘씩 찾아왔다. 병원도 아니고 연수원도, 기도원도 아닌 선마을의 정체가 궁금했던 것이다.

당시에는 산림 치유니 자연의학이니 생활습관 병이니 하는 것들이 생소하게 들리던 때였다. 그러니 40대 남성보호소니 세로토닌 캠프니 하는 말들도 처음 들어보는 낯선 것일 수밖에 없었다. 이 고비가 참으로 힘들었다. 예리하고 시대 감각이 누구보다 앞서 있다는 기자들마저 잘 못 알아듣는데 일반 고객들이 이해할 수 있도록 설명하기란 난감한 일이었다. 스태프들도 사전에 교육을 충분히 시키긴 했지만 고객들이 묻는 질문에 속 시원한 대답을 내놓지 못해 절절매는 일이 한두 번이 아니었다. 혼란은 예견된 것이었다.

선마을에는 문명의 이기가 최소한으로 제한되어 있다.

그러니 그 전에는 당연하게 생각하던 일상이 불편하기 이를 데 없다. 휴대폰은 물론이고 텔레비전, 라디오, 인터넷도 없고 냉장고, 에어컨도 없다. 그리고 비탈길을 수시로 오르내려야 한다. 그래도 며칠 있다 보면 금세 견딜만해진다. 일부러 불편하게 해놓았다고 화를 낼 사람도 있겠지만 일부러 불편한 환경을 만들어놓은 의도를 이해한다면 충분히 납득이 갈 수 있다. 현대인의 삶은 편의와 쾌적함, 효율을 추구하는 과학 문명에 거의 중독되어 있다. 이것이 우리의 몸을 얼마나 약하게 만들고 건강을 좀먹는지 사람들은 잘 깨닫지 못한다.

과학 문명은 양날의 칼이다. 자동차가 일상화되면서 얼마나 우리 생활이 편리해졌던가. 하지만 또 한편 자동차는 도심의 공해만인가, 당장 다리가 약해졌다. 한 블록도 걷지 않으려 한다. 게을러진 것이다. 차로 인한 스트레스는 건강을, 아니 사람을 앗아간다.

"그래도 뭘 만들어놓으려거든 재미가 있게 해야지……." 라고 하는 이들도 있다. 그러나 재미를 추구하는 것은 도시에서 하는 편이 더 낫다. 그리고 도시에서 멀지 않은 곳에 온갖 재밋거리를 갖춘 리조트도 많다. 그래도 다행히 진정한 휴식의 의미가 무엇인지, 어떻게 해야 완전한 휴식을 취할 수 있는지 이해하는 사람들이 차츰 늘어나고 있다. 그렇게 선마을 10년의 역사가 차곡차곡 쌓이는 동안 베일에 가려졌던 캠프와 그 안에 담긴 나의 뜻도 조금씩 빛을 발하고 있다. 지난해에는 증축공사도 끝나고 성수기엔 줄을 선다.

족히 5년을 숨어 살다시피 하며 외국 리조트 순례를 통해 프로그램을 개발하고 내실을 다져온 것이 나에게는 아주 의미 있는 은둔생활이었다. 활동적이고 외향적인 내 성격에 참 힘든 일을 해냈구나 싶다. 다른 이들의 눈으로 보기에 나답지 않은 일이라도 그것이 내가 원하는 것을 이루어내기 위한 큰 그림의 일부라면 해볼 가치가 있다. 잠시 세상의 관심에서 비껴나 있으면 어떠랴. 그동안 선마을과 함께 내 인생도 대나무 죽순처럼 한 뼘 훌쩍 자란 것은 두말할 나위도 없다. (작년에 너무 더워 일부 방엔 에어컨이 설치되었다.)

휴식이란 바쁜 일상 속에서 잠시 쉼표를 찍을 때
의미가 있는 것이지 휴식이 일상이 되면
그것 역시 노동이나 다름없어진다.
매일 아침 눈을 뜨는 데 그날 꼭 해야 할 일이
없는 것만큼 괴로운 것이 없다.

인생을 즐긴다는 것 |

은퇴할 나이가 점점 다가오고 있는 이들이 주변에서 흔히 듣게 되는 말 중에 하나가 '이제 인생을 즐길 일만 남았네.' 정신없이 바쁘게만 살아왔으니 은퇴하고 한가해지면 이제야말로 두 팔 걷어붙이고 제대로 한 번 즐거운 인생을 누려보라는 얘기리라. 그런데 인생을 '제대로' 즐기려면 무엇을 어떻게 해야 하는가? 쉽고도 어려운 질문이다.

어떤 일이든 내가 좋아하는 일을 해야 즐거운 것이 당연하다. 그래서 은퇴를 하고 난 뒤 사람들은 여행을 다니고 운동을 시작하는 등 취미활동을 찾는다. 그러나 취미란 온전히 즐기는 일만을 의미하지는 않는다. 진정한 인생의 즐거움을 찾고 싶다면 그런 가벼운 '즐거움'에 더해 '의미'가 있는 일을 해야 한다. 그래야 나의 성공과 가족의 안위만을 위해 살던 삶에서 벗어나 내 이웃에, 이 사회에 작은 보탬이 되는 일을 하며 이제야말로 내 인생의 참다운 의미를 찾아간다는 충실감, 만족감이 생겨난다. 그리고 이 '의미'는 아직 사회가 나를 필요로 한다는 존재감을 채워주기도 한다. 봉사단체에 가입해서 다른 이들을 돕거나 생업을 위한 기술을 보다 많은 이웃을 위해 쓰는 일은 몸이 좀 고단할지라도 단순한 취미보다 더 뜻깊은 희열을 가져다준다. 내가 여전히 누군가에게 도움이 될 수 있는 존재라는 충실감, 만족감, 즐거움이다. 이것이 은퇴가 주는 축복이다.

나의 경우 그것은 책을 쓰는 일이다. 가장 재미도 있고 사회를 위해 뭔가를 하고 있다는 자기 만족감도 충족시켜준다. 그러나 내가 원래부터 책을 좋아하던 사람은 아니었다. 어릴 적 나는 밥숟가락 놓기가 무섭게 밖으로 뛰어나가 노는 것이 일인 아이였다. 코딱지만 한 방 두 개 딸린 집에 열일곱 식구가 살던 시절, 겨울이면 물그릇이 얼어터지던 청마루가 삼촌, 형, 그리고 내가 쓰는 방이었다. 그런데 공부

벌레였던 두 양반은 밤이고 낮이고 책만 들여다보면서 잠시도 가만히 있지 못하는 나와는 놀아줄 생각도 하지 않았다. 낮에는 산으로 들로 쏘다니다가 밤만 되면 무료한 시간을 보내던 나는 심심함을 견디지 못하고 삼촌의 '세계문학전집'이라는 것을 펼치기에 이르렀다. 만용에 가까운 미친 짓이었다. 도대체 내 성질과는 전혀 어울리지 않는 엉뚱한 선택이었기 때문이다. 그때 집어든 것이 전집의 1권인 단테의『신곡』이었다. 삼촌은 그런 나를 보더니 어이가 없었던지 "재미있어?"라고 물었다. 나는 오기로 "재밌다!"고 대답해버렸다. 이게 돌이킬 수 없는 실언이요 실수였다. 하지만 어쩌랴, 큰소리 쳤으니 읽는 척이라도 할 수밖에. 그리고 홧김에 서른여섯 권의 전집을 보란 듯이 몽땅 읽어치웠다. 그전까지 책이라고는 제대로 읽어본 적도 없는 데다 한국어도 아니고 일본어로 된 책들이었으니 대강 겉핥기만 했을 뿐, 내용이 제대로 머리에 들어왔을 리가 만무했다. 그래도 '세계문학전집' 정도는 읽었다는 지적 허영심을 채우기엔 충분했다. 힘은 들었지만.

한데, 단테의『신곡』은 아직도 내겐 애증의 책으로 남아 있다. 그 후 고등학교 때 한 번, 대학시절 또 한 번, 이렇게 총 세 번 시도를 했지만 도무지 무슨 뜻인지 이해가 안 되었다. 결국 한 번도 제대로 끝을 내지 못했다. 어린 시절 욱 하는 객기에 그렇게 억지로 숙제하듯 훑어 넘길 게 아니라 제대로 이해할 만한 나이에 마음먹고 읽었더라면 어땠을까. 세 번째 중도 포기 후 다시는 단테의 『신곡』을 쳐다볼 생각도 하지 않았던 것처럼, 나는 40대까지도 책보다는 뛰고 노는 취미가 더 잘 맞는 성질이었다.

미국에서 귀국 후 경북대 의대 교수로 한국에서의 첫 사회생활을 시작했을 때 나는 '제2의 문화 충격'에 시달렸다. 70년대의 한국은 격변기의 진통을 정통으로 앓던 때였다. 경제적으로 세계가 깜짝 놀랄 만한 고속성장을 이루어내는 데 온 힘을 쏟느라 안정은 뒷전이었고, 건설붐이 일어 자고 일어나면 동네 모습이 달라져 있었다. 서슬 퍼런 유신정권 하에 학생들은 하루가 멀다 하고 시위를 했다. 무엇 하나 차분하게 제자리를 지키고 있는 것이 없던 그 시절, 내가 마음 붙일 곳은 운동뿐이었다. 그래서 나는 마치 운동이 나를 구원이라도 해주는 것처럼 테니스에 매달렸다. 좋아하는 일조차 몸을 불사르며 열심히 해야 직성이 풀리는 것은 일생을 앞만 보고 살아온 자들의 습성이다. 그러나 전국 교수 테니스 대회에서 준우승을 차지할 정도로 '온몸을 불사른' 결과는 안타깝게도 참담했다. 마흔여섯이 되던 해, 허리 디스크에 무릎이 내려앉아 제대로 걷지도 못하는 신세가 된 것이다.

그렇게 좋아하던 테니스를 다시는 칠 수 없는 신세가 되었다. 허리가 아파 제대로 앉지도 못하고 서서 진료를 봤고 지팡이를 짚고 다녔다. 그리고 집에서는 누워서 지냈다. 꿈에서조차 상상도 해보지 않은 일이 내게 일어난 것이다. 그렇게 건강하게 테니스 코트를 누비고 운동장을 뛰어다니던 내가 하루아침에 뛰기는커녕 걷는 것조차 느릿느릿 거북이가 되고 말다니. 그런데 진짜 상상도 해보지 않은 일이 일어난 것은 그 다음이었다. 몸을 제대로 쓰지 못하게 되자 정신이 펄펄 날아다니기 시작한 것이다.

평소에는 바람처럼 앞만 보고 달리던 길 양 옆의 풍경이, 그리고 세상이 눈에 들어오기 시작했다. 그렇게 세상의 더 많은 것을 자세히 보게 되고, 마음에 담게 되었다. 그리고 많은 책을 읽었다. 마흔 후반이 될 때까지 평생을 불도저처럼 살아온 내가, 그렇게나 동적인 성격이었던 내가 건강을 잃으면서 정적인 삶에 입문을 하게 되면서, 이게 삶의 큰 전환점이 된 것이다. 그때부터 책을 읽고 책을 쓰는 삶이 시작되었다. 한국인들의 사회적 성격을 연구하는 민학회, 한국정신문화연구회에도 꼬박꼬박 출근도장을 찍어가며 공부를 했다. 이 모두가 내 마음대로 움직여주지 않는 몸 때문에 일어난 일이었다.

인생의 즐거움을 주는 일은 뭔가 남 보기에 그럴듯해 보이는 일도, 적당히 내가 좋아함직한 일도 아니다. 이러한 깨달음은 거저 주어지지 않는다. 애써 찾아야 한다. 그러기 위해서는 우선 내 삶을 들여다보는 것에서부터 출발해야 한다. 내 안에 무엇이 있는지 알아야 어떤 선택이라도 할 수 있을 게 아닌가. 그러려면 멈춰서야 한다. 열심히 하던 일을 잠시 접어두고 그 자리에 멈춰서보라. 그래야 새로운 것을 볼 여유가 생겨난다.

나이가 든다는 건 이런 순간이 어쩔 수 없이 온다는 것이다. 내가 건강에 제동이 걸리면서 테니스 라켓을 놓아야 했던 그때처럼 나의 의지와는 상관없이 멀쩡하게 하던 일을 못하게 될 때가 온다. 그러나 우울해할 필요는 없다. 내가 좋아하는 일이 세상에 하나밖에 없는 건 아니기 때문이다. 한 번도 내가 책을 좋아하는 사람이라고 생각하지 않았는데 지금은 책을 읽고 책을 쓰는 일이 세상 무엇보다 행복한 일이 된 것처럼, 내가 미처 알지 못하는 일이 내게 기쁨을 주는 일이 될 수 있다. 그리고 그 일이 사적인 즐거움뿐만 아니라 누군가에게 도움이 되는 일, 이 사회에 보탬이 되는 일이라면 이보다 더 좋을 수는 없다. 자아실현은 젊은이들만의 전유물이 아니다. 사람은 인생의 어떤 순간에도 새로운 깨우침을 얻으며 자아실현을 할 기회가 있다. 그러나 나이를 먹었다고 해서 나와 세상을 연결하는 고민의 끈을 놓아버린 자들에게는 결코 그런 기회가 오지 않는다.

엉금엉금 기다시피 다니다 보니 세상이 보이기 시작한다. 왜 한국 사람들은 이리 급할까? 왜 교통규칙 하나 지키지 못할까. 도시인으로서의 기본적인 센스가 없다…… 이게 내가 졸저『배짱으로 삽시다』를 출간하게 된 배경이다. 처음 출판사에서 제의해 왔을 때 난 웃었다. 내가 책을 쓰고 출판을? 하지만 생각해보니 한국 사람에게 하고 싶은 말이 너무 많았다. 그래, 써보자. 시간도 얼마 걸리지 않았다. 책이 출간되자 난 하루아침에 유명인사가 되었다. 40대 후반에 낸 처녀작이 슈퍼 셀러가 된 것이다. 개인적으로 이보다 신나고 즐거운 일이 또 있을까. 일단 해봐야 한다. 수많은 재능이 우리 손에 잠자고 있다. 해보지 않고는 모른다.

제 앞가림은 해야지 |

━

　나는 나를 청하는 곳이 있으면 아무리 바빠도 어디든 달려가서 강연을 한다. 특히 처음 가는 곳이면 거절하는 법이 없다. 내 얼굴을 직접 보고 싶고 내 이야기를 듣고 싶다는데 마다할 이유가 없다. 버스를 타고 몇 시간을 가야 할 때도 있고 너무 멀어서 하룻밤을 자고 와야 할 때도 있다. 그래도 사람들이 내 말을 듣고 공감하는 모습을 보는 보람은 늘 나에게 먼 길을 기꺼이 가게 만든다. 강연이 끝나고 숙소로 돌아갈 때쯤이면 몸이 파김치처럼 늘어진다. 피곤하지만 나는 내가 할 수 있는 일이 있음에 감사하고 여전히 최선을 다하며 산다.

　나이가 들수록 사회에 쓸모없는 존재가 되어간다는 생각

에 자꾸 뒷방 늙은이를 자처하는 사람들이 있다. 밖으로 나가서 사람들을 만나려고 하지 않고 혼자 집에 있으려고만 하는 것이다. 이렇게 무기력증에 시달리면서도 내가 나이가 들어서 그러려니, 하고 무심하게 넘기는 일이 태반이다. 그러나 이런 증상이 바로 노인 우울증이다. 통계에 따르면 노인 인구의 15% 가까이 우울증을 앓고 있으며 이는 일반 인구의 평균수치보다 약 1.5배 정도가 더 높다고 한다.

지속적으로 기분이 좀 우울하다고 해서 그것을 상담을 받아야 하는 '병'으로 인지하는 한국인은 거의 없다. 그래서 우리의 우울증은 대부분 신체적인 증상으로 표출된다. 괜스레 기운이 없다거나 소화가 안 되고 입맛이 없다거나 약을 먹어도 두통이 낫지 않는다. 두 시간도 못 자고 뜬눈으로 밤을 샌다거나 하는 것처럼 자잘한 증상들이 복합적으로 나타난다. 그런데 문제는 이런 경우에도 정신과를 찾아 상담 받을 생각은 하지 않는다. 대신 내과나 신경과를 드나든다. 결과적으로 아무리 병원을 다녀봐야 정확한 원인은 찾지 못하고 신체적 증상들도 잘 낫지 않는다. 심지어는 갑자기 기억력이 떨어지고 건망증이 심해져서 치매 검사를 받으러 온 환자들 중에 우울증 진단을 받는 이들도 있다. 심한 건강염려증 같은 것도 그 뿌리로 거슬러 올라가보면 우울증이 도사리고 있다.

한국 노인들의 우울증이 심각한 것은 노인 빈곤율이 OECD 국가 중 1위라는 사회적 특징과도 맞물려 있다. 그래서 한국의 노인 자살률이 청장년층에 비해 70대는 두세 배, 80대로 올라가면 서너 배로 높아지는 것이다. 신체적 노화로 인해 건강에 대한 불안감이 커지고, 자존감이 낮아지면서 삶의 의욕을 상실하면 쉽게 극단적인 선택을 하게 된다. 이런 우울증을 미리 예방하기 위해 노인에게도 홀로서기 연습이 필요하다.

현역 시절 내가 본 환자 중에 착하고 가난한 장남이 있었다. 홀아버지를 모시고 살고 싶은데 단칸 셋방에 사는 처지라 모시지도 못한다. 잘 사는 동생들은 도와주기는커녕 아버지와 같이 살지 않으려고 하는 바람에 고민이 이만저만 아니었다. 그러다 결국 아버지는 스스로 목숨을 끊었고 장남은 동생들에 대한 원망과 양심의 가책에 못 견뎌 매일 밤을 술로 지새우다가 그만 아버지의 뒤를 따라 자살을 하고 말았다. 모든 소동의 원인이 된 아버지는 늙은 자신을 나 몰라라 하는 작은아들들에 대한 원망과 절망감에 그런 선택을 했을 것이다. 노인의 자살에는 여러 복합적인 원인이 얽혀 있지만 결국 그 본질은 자립의 실패다.

노인의 자립에는 자신의 건강을 자신이 알아서 챙기는 건강적 자립과 은퇴 후에도 사회적 활동을 이어갈 수 있는 경제적 자립, 그리고 정신적 자립이 있다. 건강은 건강할 때 지켜야 한다는 말은 진리 중의 진리이다. 평균수명이 80세라고 해도 그중 막바지 10년은 자칫 병으로 내내 고생할 수 있다. 경로사상이 목숨보다 중요했던 시절에도 '긴 병에 효자 없다'라는 말이 있었던 것처럼 이는 본인뿐만 아니라 주변 사람들의 삶의 질에까지 막심한 영향을 미친다.

제주도에 강연 차 갔다가 본 광경이다. 경찰관이 대기실에 앉아 있는 할머니를 달래고 있었다. 아들과 같이 제주도에 놀러 왔는데 아들을 놓쳐서 찾으러 올 때까지 기다린다는 것이다. 다음날 서울로 돌아가는 길에 보니 그 할머니가 여전히 그 자리에 그대로 앉아 있었다. 그리고 이번에는 사회복지사로 보이는 두 사람이 할머니를 설득하고 있었다.

알고 보니 그 할머니는 자신의 이름이나 주소, 생년월일은 커녕 아들의 이름조차 기억을 못하는데도 끝까지 아들을 기다려야 한다고 삼일째 그 자리를 지키며 고집을 부리고 있는 중이었다. 치매환자가 분명해 보였고 아들과 뜻하지 않게 길이 엇갈린 것이 아닌 듯했다.

병 앞에 자식들을 불효자로 만들고 싶지 않다면 미리 큰 병이 들기 전에 자신의 생활습관을 돌아보고 적극적인 예방을 해야 한다. 나이가 들면 자신의 몸이 보내는 사소한 신호도 그냥 소홀히 넘겨서는 안 된다. 그래야 마지막 순간까지 중병이나 치매에 걸리지 않고 멀쩡하게 내 발로 걸어 다니며 자식들에게 원망을 사지 않을 수 있다.

건강만큼이나 홀로서기에 중요한 것이 경제적 자립이다. 한국인들에게는 은퇴할 나이 즈음 아이러니하게도 가장 돈이 많이 드는 시기다. 아이들이 유학을 갈 수도 있고 결혼을 할 수도 있다. 그때마다 이제까지 모아두었던 돈으로 해결을 하다 보면 수중에 남는 것이 거의 없게 된다. 그렇게 되면 앞으로 남은 노년의 삶은 '눈칫밥'을 먹으며 살아야 한다는 소리다. 늙어서 돈 쓸 데가 뭐 그리 있겠느냐고 하지만 늙으면 돈을 써야 할 곳이 많다. 아무리 혼자 있는 시간이 의미가 있고 그런 시간마저 축복이니 즐길 줄 알아야 한다고 하지만 마냥 쓸쓸하고 허전할 때에는 친구라도 불러내 사는 이야기라도 나누고 싶어지는 게 사람이다. 친구를 청하려면 커피 한 잔이라도 살 수 있어야 한다. 그러나 나이가 들수록 돈을 쓰는 마음이 편치가 않다. 은퇴를 하기 전에 곳간에 얼마나 많이 비축해놓았는지는 상관이 없다. 이제 들어올 구멍은 없고 나가는 일만 남았다고 생각하면 곳간이 비는 일에 신경을 곤두세우게 된다. 마음이 점점 위축되고 남에게 내어주는 일에도 인색해지는 법이다. 커피 몇 잔 값에 벌벌 떠는 모습을 보이면 주위에 사람이 모일 리가 없다. 그래서 경제적 자립이 필요한 것이다.

당장 수입이 한 푼도 없으면 아이들에게 의지하는 마음도 커질 수밖에 없다. 이 기대심리가 결국 가족 간의 분란을 초래한다. 그래서 젊을 때만큼 경제적으로 큰 보탬이 되지 않더라도 지속적으로 수입이 발생하는 일이 필요하다. 작은 수입이나마 있어야 정신적인 여유가 생기고 자존감이 높아지는 것이다. 그리고 설령 돈을 버는 일이 아니더라도 내가 계속해서 '일'을 하고 있다는 자각은 작은 씀씀이에 애가 타거나 초라해지는 것을 방지해준다.

내가 운영하고 있는 세로토닌 문화원도 엔지오NGO 운동이라 돈을 벌자고 하는 일이 아니다 보니 강연과 인세로 적자를 감당해야 할 때가 많다. 일을 크게 벌이고 싶어도 감당할 수 있는 범위를 넘어서는 일은 감히 욕심을 낼 수가 없다. 그래서 늘 고만고만한 규모의 문화원을 유지하고 있지만 의미 있는 일을 하고 있다는 자부심만으로도 나는 충분하다. 나이가 들면 섣부른 욕심보다는 지금 내 그릇의 크기를 잘 아는 것이 더 중요해진다.

매번 사회적으로 논란이 되는 사건사고가 일어날 때마다 우리는 '예방'을 부르짖는다. 한국인에게 부족한 것이 바로 이 '예방'에 대한 개념이다. 소 잃고 외양간 고치는 일이 한두 번도 아니면서 매번 미연에 방지를 하자고 목소리를 높여봐야 그때뿐, 또 다시 '설마', '어떻게든 되겠지' 하는 때로 슬그머니 돌아가고 만다. 은퇴도 마찬가지다. '닥치면 다 하게 되어 있어'라고 살다간 어느 날 진짜로 은퇴를 하게 되면 앞이 캄캄하다. 무엇을 어떻게 해야 하는지 전혀 준비가 안 되어 있기 때문이다. 계획된, 준비된 은퇴가 그래서 중요한 것이다. 그러니 은퇴 후 애들 눈치만 보면서 30년이라는 긴 세월을 보내지 않고 싶다면 미리 경제적 자립을 이룰 방도를 강구해야 한다.

노인에게 필요한 정신적 자립은 경제적 자립에 영향을 받기는 하지만 그보다도 이를 가장 크게 좌우하는 것은 기대심이다. 나이가 들면 누군가에게 의존하고 싶은 마음이 커진다. 생활력이 예전 같지 않으니 내 부족한 부분을 누군가 채워주었으면 하고 바라게 되는 것이다. 그렇지만 나이가 들수록 현실을 똑바로 볼 줄 알아야 한다. 옛날 생각을 하며 그때의 눈높이를 유지할 것이 아니라 지금의 내가 가진 것을 활용하는 방법을 찾는 것이 중요하다. 부족한 것은 이제 더 이상 메울 방법이 없다. 그러니 부족한 것은 부족한 대로, 나에게 없는 것은 없는 대로 살아야 한다.

나는 앞으로 사고나 병마가 덮칠 만약의 경우를 대비해서 약간의 돈을 저축하려고 노력중이다. 그러나 그것은 삶을 위해서가 아니라 죽음을 위한 비상금이다. 안 쓰면 안 쓸수록 좋은 돈인 것이다. 내 유언장에는 내가 그 돈을 안 쓰고 죽게 되면 내가 하던 일에 모두 기부를 하라고 써놓았다. 사실 이 돈 외에도 얼마간의 비상금을 마련해놓으려고 노력해보지만 잘 되지가 않는다. 문화원에 당장 필요한 것이 생기거나 급하게 돈을 지출해야 할 곳이 생기면 그것부터 해결하느라 도무지 돈이 쌓일 새가 없다. 그래도 나는 조급해하지 않으려고 한다. 적어도 내 앞가림은 하며 살고 있기 때문이다.

제 앞가림을 한다는 것은 나 하나만을 위한 일이 아니다. 주변 모두를 위한 일이다. 진정한 홀로서기란 아무에게도 의지하지 않고 삶이 다하는 그 순간까지 내게 주어진 시간을 남김없이 충실하게 사는 것이다. 자식에게도, 사회에도, 나라에도, 신에게마저 의지하지 않고 온전히 독립한 하나의 존재로 사는 것이다. 끝까지 누구에게도 휘둘리지 않고 나 자신으로 살다 죽을 수 있는 삶의 결정권을 갖는 것이다.

이 나이까지 살 줄이야 │

—

　여든여섯. 이 나이가 되도록 이렇게 건재하게 살아 있을 거라고는 꿈에도 생각하지 못했다. 그래서 가끔 나는 인생이 이렇게 길 줄 미리 알았다면 인생 계획을 새롭게 하는 건데 괜히 서둘렀다며 후회를 할 때가 있다. 어디로 어떤 한걸음을 내디뎌야 할지 좀 더 깊이, 그리고 찬찬히 생각해봤으면 좋았을 걸, 하는 생각이 드는 것이다.

　처음 세로토닌 문화원을 시작했을 때부터 원장 직함을 달기는 했지만 실제로 문화원 설립을 주도했던 것은 나의 가까운 후원자이자 지인들이었다. 물론 세로토닌 문화원의 필요성에 대해서는 일찍부터 확신을 가지고 있었다. OECD 국가 중 자살률 1위에 우울증이 만연하고 억제된 분노가 묻지마 범죄로 이어지는 사회현상은 사회 전체가 세로토닌 결핍증에 시달리고 있다는 증거다. 그러니 행복을 느낄 때 뇌에서 분비되는 신경전달물질인 세로토닌을 높여 사람들로 하여금 건강한 삶을 영위하게 하자는 생각을 처음으로 적용한 곳은 홍천의 선마을이었다. 그러나 강원도 산골짜기에 있다 보니 그곳까지 찾아올 수 있는 사람들이 한정적일 수밖에 없었다. 보다 많은 이들에게 세로토닌의 중요성을 알려 국민운동으로 발전시켜야 했다. 이런 나의 신념에 공감하는 지인들이 의기투합하여 덜컥 문화원을 연 것이다.

당시 나는 원장으로서 직접적으로 하는 일은 별로 없었다. 선마을 운영과 여러 가지 다른 일들만으로도 정신이 없었던 탓도 있었다. 그런데 그로부터 6개월도 못 가서 문화원의 설립 자금이 바닥이 나자 주주인 지인들은 법인이었던 문화원의 폐업신고를 했다. 시의적절한 운동이자 의미 있는 일이었지만 너무 성급하게 일을 추진했던 것이 문제였다. 철저한 준비가 모자랐다. 사무실을 구하고 집기를 들이고 강당을 꾸미다 보니 예상보다 많은 돈이 들어간 데다 운영비도 문제였다. 그래서 결국 '앞으로 3년은 충분히 버틸 수 있으니 걱정도 하지 말라'던 설립자금이 불과 6개월 만에 소진되고 만 것이다. 문화원은 문을 닫기 직전이었다.

혼자 덜렁 남아서 얼떨결에 세로토닌 문화원을 떠맡게되었다. 준비가 되어 있지 않기는 나도 마찬가지였다. 이쯤에서 그만둘까, 하는 생각을 해보지 않은 건 아니었다. 어느 날 사무장이 와서 당장 내일이 월급날인데 직원들에게줄 돈이 없다고 했을 때는 정말로 눈앞이 캄캄해졌다. 온 동네에 소문을 다 내놓고 의미 있는 세미나도 여러 차례 열었는데 얼마 지나지도 않아 이렇게 문을 닫으면 내 체면은 뭐며, 이 어지러운 한국사회를 이대로 두고 봐야 한단 말인가. 어떻게든 밀고 갈 수밖에 없다. 언젠가는 반드시 시작을 했을 일, 문제가 생겼다고 손을 놓아버릴 수는 없는 노릇이었다. 그제야 나는 문화원을 지켜내야 할 수밖에 없었고, 지켜야겠다는 다짐을 하게 된다. 상황은 최악이었지만 세로토닌 운동이 우리 사회를 위해 반드시 필요한 일이라는 믿음이나를 버티게 만들었다.

우선 영업법인이었던 세로토닌 문화원을 사단법인으로만드는 일부터 시작했다. 내가 감당할 수 있는 수준에서 다시 시작하자는 생각이었다. 이 과정이 너무나 힘이 들었다. 원망이 되기도 했다. 어떻게 이럴 수 있나, 별 생각 다 들었지만 그들도 나를 돕기 위해 한 일이었고 언제나 내겐 큰 후원자였으니 마냥 원망만 할 수도 없었다.

설립을 위한 자금 적자를 감당하며 생긴 빚도 문제였다. 그래서 그때부터 나는 내가 할 수 있는 일들을 닥치는 대로 했다. 책을 쓰고 강연을 하고 텔레비전, 라디오에 출연, 돈이 생기면 모두 빚을 갚는데 썼다. 폐업신고를 했으니 내가 반드시 갚아야 할 의무도 없는 빚이었지만 나 몰라라 하기에는 내 양심이 괴로웠다. 그렇게 몇 년을 애쓰다 보니 빚을 얼추 정리할 수 있었고 얼마간의 비상금도 마련되었다. 그간의 고생은 말로 다할 수 없었지만 어쨌든 무사히 그 어두운 터널을 빠져 나왔다는 것에 대해 스스로 대견하지 않을 수 없다. 그래도 내가 지금보다는 좀 젊었던 때였으니 그런 인생 최악의 고비를 무사히 넘길 수 있지 않았을까. 그때 내 나이 딱 팔십이었다.

겨우 안정이 되는가 했지만 요즘 우리가 새로 시작한 건강, 장수, 행복 마을 블루 존Blue Zone 프로젝트도 보통 일이 아니다. 내가 이 계획을 발표했을 때 직원도 주위 사람도 모두 나를 멀거니 쳐다보기만 했다. 팔십다섯인데!

돌이켜 생각해보면 나의 성급했던 결정 속에는 앞으로 살 날이 얼마나 남았는지 모르는데 죽기 전에 이 일만큼은 꼭 해야 한다는 초조함이 깔려 있었던 것 같다. 흔히 하는 '인생은 짧다'는 말에 세뇌가 된 탓도 있지만 사실 나이 팔십이면 예전에는 길거리를 걸어 다니는 것조차 조심할 나이가 아닌가. 동료들도 대부분 세상을 떠나고 주위에 남은 이들이 훨씬 적다 보니 나도 덩달아 조급해졌던 것이다. 그때는 인생이 이렇게 길어질 줄 알지 못했다. 살아갈 날이 너무 짧아서가 아니라 살아갈 날이 너무 길어서 생긴 후회인 셈이다.

내일 아침, 아니 당장 오늘 저녁 어찌될지 모르는 나이라고 생각하면 새로운 목표를 위해 고통을 감수하는 일 자체가 어이없는 짓이라는 생각이 들 수도 있다. 그럼에도 불구하고 나는 멈출 수 없었다. 죽는 그 순간까지 현역으로 살아야 하기에 나이 팔십에 뜻하지 않은 위기가 닥쳤다고 스스로 브레이크를 걸고 제자리에 주저앉을 이유가 내게는 없었다.

은퇴를 앞둔 50대의 나이에 앞으로 남은 삶을 어떻게 살아야 할지 구상하다 보면 초조함이 찾아온다. 나이가 들 만큼 들어서 뭔가 새로운 도전을 계획하는 것이 늙어서 주책이라거나 어불성설처럼 느껴질지도 모른다. 그리고 실패를 겪게 되면 그것으로 끝이라고 생각한다.

나는 절망을 벗어나기 위해 몸부림치면서도 내가 팔십이라서, 너무 늙어서 이겨낼 수 없을 것이라는 생각은 조금도 하지 않았다. 삶에서 암초를 만나는 일은 나이에 상관없이 삶의 어느 지점에서든 일어난다. 그러니 좌초되지 않고 살아남아 다시 항해를 계속할 수 있는 나이가 따로 있어서는 안 되는 것이다. 살아 있는 한 우리에게는 늘 내일이란 것이 있다. 그래서 우리는 그 내일을 어떻게 살면 좋을지 늘 고민해야 한다. 다만 급하게 서두르지 말고 천천히 길게 내다보는 것이 좋다. 내가 그랬던 것처럼 생각보다 아주 긴 인생이 앞에 기다리고 있을지도 모르기 때문이다.

나는 요즈음 내가 슈퍼에이저Superager가 아닌가 하는 생각이 들 때가 있다. 이 나이에 이렇게까지 건강하고 창조적이고 생산적인 일을 해낸다는 게 내 생각에도 신기하다. 내가 느끼는 주관적 관점에서는 인지제어나 감정통제, 의사결정, 창조성, 기억력에서 젊은 시절에 비해 약해진 느낌은 없다. 오히려 올라간 게 아닌가 하는 생각도 든다. 내가 인류의 건강을 위해 자연의학적 예방 사업을 하겠노라고 다짐한 40대 후반 이후 난 지금껏 감기 몸살 한 번 앓은 적 없다. 의사인 내가 생각해도 신기하다. 내 비서들은 1년을 채 못 넘기고 뻗는다. 그래서 이번에 아주 튼튼한 남자 비서를 뽑았다. 내 유전자가 높은 이상을 향해 가는 이상 늙지도 병들지도 죽지도 않는 방향으로 가는 게 분명하다.

최근 뇌 과학 보고서에 의하면 당신이 인생의 높은 이상과 목표Higer Life Goal를 향해 가면 당신의 유전자는 그 목표나 이상이 이루어질 때까지 늙지도, 병들지도, 죽지도 않는다고 한다. 유전학에서는 이를 자동유도장치라고 부른다. 실제로 위대한 철학자, 사상가들이 모두 장수했다는 사실이 이를 뒷받침하고 있다.

우리 모두는 빚쟁이다 |

———

제도만으로 굴러가는 세상을 '로우 로드 low road'라고 부른다. 그리고 이 제도에 신념과 철학이 가미되어 사람들의 열정이 충만한 사회를 '하이 로드high road'라고 부른다. 하이 로드 사회에서는 구성원들끼리 상호의존적인 상생의 관계를 이루며 보다 균형 잡힌 사회구조를 만들어간다. 나이가 들어가면서 내가 가기로 결심한 길이 바로 '하이 로드'였다. 제도권 안에서 내 한 몸의 행복과 안위만을 위해 살아가는 것이 아닌, 나만의 신념을 추구하며 함께 살아가는 사회를 제대로 실천해보려는 마음이 강해진 것이다.

나는 어릴 적부터 남을 도와주는 것이 즐거운 일상사였다. 큰 건 아니지만 그럴 때마다 내가 손해를 감수한다는 생각은 한 번도 해본 적이 없었다. 계산기를 두드려가며 하는 일이 아니라 나도 좋으니까 하는 일이었기 때문이었다. 어쩌면 삼촌들이 독립운동을 하고 할아버지가 접장이며 아버지가 성균관 유생이었던 집안의 아이라는 자각이 그런 가치관을 내게 심어주었으리라.

의대를 다닐 때 장학금을 받을 기회가 와도 늘 다른 친구에게 넘겨주곤 했다. 사실 그 장학금이 가장 필요한 건 나였다. 고등학교 1학년 때 나는 이미 열세 식구의 가장이었다. 굶고 다니는 일이 다반사에 학비 조달에 피까지 팔아야 했던 형편이었다. 그래도 어려운 친구를 보면 그냥 눈감고 있을 수가 없었다. 그래서 나와 아주 가까운 친구들을 빼고는 다들 내가 부잣집 도련님인 줄 오해를 했었다. 가정교사를 하던 집에 일제 자전거가 있어서 타고 다닌 것이 그런 소문을 부채질하는 계기가 되기도 했다.

의대 본과 2학년은 공부 양이 갑자기 늘어나고 실습까지 해야 해서 '마의 구간'으로 불리는데 이때 가장 많은 낙제생들이 생겨난다. 우리 과에서도 20~30% 정도는 낙제가 불 보듯 뻔한 축에 속했다. 그래서 나는 그 친구들을 모아 한 친구의 양옥집 이층 방에 모두 몰아넣은 다음, 공부 잘하는 친구들에게 가르치게 했다. 지성이면 감천, 그 해 출석 미달이었던 두 명을 빼놓고는 전부 진급에 성공을 했다. 그때 무사히 의대를 마치고 병원을 개원한 친구를 나중에 만났더니 근사한 양복을 선물도 받았다. 그때 하마터면 공부를 포기할 뻔했는데 네 덕분에 살았다고 고마워했다. 그 무렵 나는 가족 생활비며 등록금을 벌기 위해 아이들을 가르치는 아르바이트를 다니느라 정신이 없었다. 그때 나에게 일은 곧 생계였다. 성적이 간당간당한 친구들을 설득해서 공부를 시킬 그 시간에 애들 과외를 한 시간이라도 더 하면 한 푼이라도 더 벌게 되니 사는 게 좀 더 편해졌을 것이다. 그렇지만 당장 내 주머닛돈보다 친구들에게 도움이 되는 일이 나에게는 더 소중하고 의미가 있는 일이었다.

사회정신의학이라는, 당시에는 생소하기만 했던 분야를 전공으로 선택했던 것도 이런 맥락에서였다. 정신분석을 공부한 뒤 상담료를 두둑하게 챙기는 정신과 전문의가 될 수도 있었겠지. 하지만 당시 나는 우리나라가 통일이 되고 나면 엄청난 사회적 혼란이 생길 것이고, 북한과 남한이 융합을 이루려면 사회정신의학이 꼭 필요할 것이라고 믿었다. 그래서 당시만 해도 대세였던 정신분석을 마다하고 굳이 남들이 잘 가지 않는 길을 가기로 했던 것이다.

가난이 숙명이었던 시절에 매일같이 생계와의 지겨운 싸움을 반복하면서도 가난이 나의 삶을 지배했던 적은 없었다. 그때도 나와 우리 가족의 안위만을 위해 살지는 않았다. 나에게는 목표가 있었다. 보다 많은 이들에게 이로운 일을 하는 사람이 되고 싶었다. 내가 선마을을 계획한 것도 인류가 병원에 안 가도 되도록 만들겠다는 박애정신에서 출발했다. 선마을은 지금도 경영상 적자다. 큰돈을 깔고 앉은 처지도 아니면서 비영리단체인 세로토닌 문화원을 애면글면 운영해나가고 있는 걸 보면 나보다 남이 먼저 보이는 건 타고난 천성인 듯하다. 자식들 입에 밥이 들어가는 모습을 보는 것이 가장으로서의 최고의 행복이라지만 살아온 시간이 쌓일수록 주위를 돌아볼 줄 알아야 한다. 나이가 들면서 '로우 로드'에서 '하이 로드'의 삶을 생각하게 되는 것은 자연스러운 일이다. 젊을 적에야 조금이라도 더 잘나가서 가족들에게 든든한 가장이 되고자 하는 마음에 당장은 남보다 내가 먼저인 삶을 살 수밖에 없다. 하지만 진정한 삶의 의미를 고민하게 되는 나이가 되면 나 혼자 잘 먹고 잘 사는 삶보다는 무언가 '의미 있는 일'을 하고 싶다는 생각을 하게 된다. 그래서 무엇을 하든 '일'을 손에서 놓지 말아야 한다.

은퇴를 하고서도 현역으로 산다는 것은 꼭 번듯한 직업을 가지고 있어야 하는 것이 아니다. 삶이 끝날 때까지 이 사회의 일원으로 살아가겠다는 마음가짐으로 내가 할 수 있는 일이면 그것이 무엇이든 족하다. 내가 이 나이까지 일을 할 수 있는 것이 내 직업이 '의사'라서 그런 것이라고 하는 이들도 있을 것이다. 그러나 의사라고 다 그런 것은 아니다. 내 나이 또래의 의사들은 모두 은퇴를 하고 아직까지 일을 하는 친구는 한 명도 없다. 그런데 그런 이들을 보면 안타까운 마음이 들기도 한다. 의사로 평생을 일하면서 축적한 경험과 기술이 나이가 들었다고 세월 따라 부패하는 것은 아니지 않은가. 그런데 그것들을 써먹지 않고 그대로 놔두면 결국 고스란히 썩히는 것이 된다.

아직 충분히 일할 수 있는 힘과 능력이 있는데 나이 때문에 더 이상 쓰지 않는 것은 사회에 죄를 짓는 일이나 마찬가지다. 내가 지금까지 배운 것은 내가 열심히 노력해서 배운 것도 있지만 이 사회가 나에게 가르쳐준 것이 더 많다. 학교에서 선생님들이 나를 가르치고 회사에서 선배들이 나를 가르치고 동료들이 거들어주고 또 이 사회가 함께 거들어주었기에 이만큼 경험을 쌓고 성장할 수 있었던 것이다. 내가 살아가고 있는 것이 아니다. 살려지고 있는 것이다. 그러니 지금 내 머릿속에 들어 있는 온갖 지식과 지혜, 경험과 기술, 정보들은 다 빚이다. 빚은 꼭 갚아야 한다. 내가 받은 것을 이 사회에 모두 돌려주고 가야 하는 것이다. 그것은 성공한 전문직이거나 사회적으로 명망 있는 사람에 한정된 얘기가 아니다. 평생 열심히 일하며 살아온 우리 모두가 세상의 빚쟁이다. 나는 이런 생각을 전혀 하지 않는 사람들을 보면 안타까운 마음이 든다. 잘되면 내가 잘나서 잘된 것이라고만 생각하는 사람들을 보면 딱하기까지 하다.

요즘 사회적으로 문제가 되고 있는 갑질 논란도 따지고 보면 이런 식의 사고 때문에 생기는 것이다. 회사를 운영하는 경영자가 직원들을 보며 '내 덕분에 밥 먹고 사는 것들이 기라면 기어야지'라고 생각하는 것이 갑질이다. 실은 정반대로 '이 사람들 덕분에 내가 사장도 하고 밥을 먹고 사는 것'이니 하루에 백 번 고맙다는 인사를 해도 모자라야 하는 것이 맞다. 그런데 '덕분'의 순서를 자꾸 가진 것의 많고 적음으로 정리하려고 하는 이런 값싼 마인드를 가진 사회 지도층 인사들이 적지 않다.

나 역시 지금 이 자리에 있기까지 알게 모르게 도움을 받은 이들이 수도 없이 많다. 평생이 빚을 지며 산 세월이다. 그래서 나는 열심히 책을 쓰고 강연을 한다. 내 머릿속에 든 것들을 다 내놓고 가야 하기 때문이다. 내가 받는 인세와 강연료도 대부분 세로토닌 문화원의 운영비로 사용하고 있다. 이 사회에 보탬이 되는 일에 한 푼이라도 더 쓰려고 하는 일이지 내 주머니를 불리기 위해 하는 일이 아니기 때문이다.

세로토닌 문화원과 홍천의 선마을에 많은 사람들이 찾아온다. 내가 가진 실력에 한계가 있고 내가 할 수 있는 일의 그릇도 한계가 있지만 아직까지 사람들을 위해 할 수 있는 일이 있다는 것이 감사하다. 그리고 나를 찾아주는 사람들이 있는 것이 감사하다. 어차피 혼자 사는 인생이라지만 삶을 충실하게 하는 것은 나 혼자의 힘만으로 되는 것이 아니다. 더불어 사는 일이 주는 충족감을 무시할 수 없다. 그러니 사는 날까지는 이 사회의 울타리 안에 머무르며 자신의 사회적 역할을 포기하지 말아야 한다. 물론 이전과 같은 몫을 해낼 수는 없을 것이고 나이에 걸려 할 수 있는 일의 범위도 훨씬 줄어들겠지만 그래도 평생 쌓아온 경험을 쓸 수 있어야 한다. 그러면서 그간 사회에서 받은 것을 다른 이들과 나누는 일에 집중해야 한다.

평생 옆을 돌아볼 시간도 없을 정도로 정신없이 살았으니 은퇴를 하고 나면 실컷 놀고 싶은 마음이 드는 것도 나무랄 수는 없다. 그렇지만 휴식이란 바쁜 일상 속에서 잠시 쉼표를 찍을 때 의미가 있는 것이지 휴식이 일상이 되면 그것 역시 노동이나 다름없어진다. 매일 아침 눈을 뜨는데 그날 꼭 해야 할 일이 없는 것만큼 괴로운 것이 없다. 그래서 주위에 은퇴한 친구들을 보면 전에는 생기발랄하던 이가 은퇴를 하고 나서 하루아침에 폭삭 늙은이가 되어 나타나기도 하고, 전에는 머리가 비상하게 돌아가던 영리한 이가 은퇴를 하고 나서 하루아침에 눈의 총기를 잃어버린 것도 보았다.

나이가 들어서 쓸쓸하다느니 고독하다느니 얼른 죽어야

겠다느니 하는 소리를 입버릇처럼 하고 다니는 사람들은 '세상의 빚쟁이'라는 인식이 없는 이들이다. 빚을 갚아야 한다는 생각을 하면 당장 그 방법을 짜내느라 한가하게 나이 타령을 하고 앉아 있을 틈이 없어진다. 일이 힘에 부치면 반나절도 좋고, 이틀에 한 번도 좋다. 무슨 일을 하든 일하는 시간이 얼마나 되든 중요한 것은 끝까지 일을 놓지 않는 것이다. 건강하게 늙어가는 비결은 다른 것이 없다. 사람들과 더불어 살아가는 즐거움과 내가 사회를 위해 아직 무언가 보탬이 되는 일을 하고 있다는 자부심, 그간 닦은 경험들을 활용하며 아직 내가 속까지 녹슨 깡통은 아니라는 뿌듯함을 심어주는 적당한 노동, 그것이 답이다.

쑥스럽게 내 이야기를 길게 쓴 것도 이 점만은 사람들에게 강조하고 싶어서다. 의사로서 그리고 이만큼 산 인생의 선배로서. 그게 어른답게 사는 길이다.

우리의 마음은 늘 가장 빛나는 순간을 살 수 있다. 마음에 주름살을 새기는 것은 세월이 아니라 몸이 늙으면 마음마저 늙었다고 생각하는 나 자신이다. 그래서 육신의 나이듦을 자각하게 만드는 것들이 하나씩 늘어날수록 슬픔, 우울, 번민, 고민이 깊어간다. 몸은 어쩔 수 없이 늙지만 눈에 보이지 않는 마음은 늙을 수가 없다.

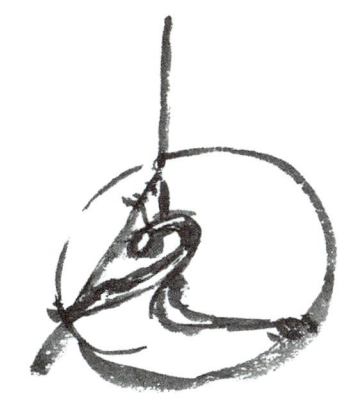

2 ——— 쓸쓸함이 당연하다

내가 꿈꾸는 생生의
마지막 순간 ｜

육체와 정신이 조화를 이루는 삶을 추구하는 '웰빙, 힐링'을 넘어 '웰 다잉Well-Dying'이 새로운 화두로 떠오른 지가 좀 되었다. 고령화에 따른 고독사나 노인 빈곤 등이 사회 문제가 되면서 더욱 주목을 받게 된 것이다. 웰 다잉은 쉽게 말해서 '잘 죽는' 것이다. 죽음을 고민하고 대비하는 것이 예전에는 순전히 남의 일처럼 느껴졌지만 나이가 팔십 중반을 넘어서다 보니 자연스럽게 내 생의 마지막 순간을 생각하지 않을 수가 없게 된다.

내가 생각하는 웰 다잉은 한 가지, 죽는 순간까지 현역으로 뛰는 것이다. 누가 불러주기만 한다면 나는 어느 낯선 시골마을이든 마다하지 않고 강연을 하러 갈 것이다. 그리고 온 힘을 다해 강연을 마치고 노곤해진 몸을 이끌고 숙소로 터덜터덜 돌아오는 길, 갑자기 잠자듯 세상과 이별을 할 수 있다면, 그것이 내게는 최고로 명예롭고 멋진 죽음이라고 믿는다.

유언장도 이미 만들어두었다. 유언장의 내용은 비밀도 아니다. 나는 장기 기증을 넘어 시체 기증까지 약속을 해두었다. 아직은 건강하니 쓸 만한 장기들이 몇 개는 남아 있을 것이다. 그러니 그것들은 모두 새 주인을 찾아서 보내고 남은 몸뚱어리는 가까운 의과대학에 실습용으로 가져다주라고 해놓았다. 우리나라는 '실험용'이라는 말에 거부반응이 심해서 시체 기증률이 매우 낮은 편이다. 장기 기증을 하면 '두 번 죽이는 일'이라고 하고 시체 기증을 하면 '내가 어떻게 실험용이 될 수 있느냐'고 펄쩍 뛴다. 그러나 의술의 발전을 위해서는 필요한 일이고 누군가는 해야 할 일이다. 사람이 어떻게 두 번 죽을 수 있겠는가. 이미 생명이 떠난 몸, 미래 세대를 위해 보탬이 되는 일이라면 기꺼이 내놓을 수 있어야 하지 않겠는가.

나는 장례식도 치르지 말라고 했다. 시신이 없는 장례식이 될 테니 의미가 없기도 하겠지만 원래부터 거창한 장례식을 마땅치 않게 생각해왔기 때문이다. 장례식에 갔다 와서 기분 좋을 이가 없다. 그러니 굳이 바쁜 사람들을 불러 모을 이유가 없지 않은가. 내가 죽었다는 소식을 전해들은 지인들이 나를 떠올리며 기도라도 한 번 해주면 그것만으로도 훌륭한 장례식이라고 생각한다.

자식들에게는 정 섭섭할 것 같으면 시체 해부가 끝나고 의과대학에서 해부제를 지낼 때 재 한 줌을 얻어다가 고향 마을에다 뿌리라고 했다. 그렇지만 절대로 비석이나 묘를 만들지는 말라고 신신당부를 해두었다. 나는 재가 되어 유골함에 들어가 있기도 싫고, 철마다 누군가는 손을 봐줘야 하는 봉분 밑에 누워 있고 싶지도 않다. 이 좁은 산천의 푸른 산자락마다 두드러기처럼 다닥다닥 붙어 있는 묘들이 나는 그렇게 보기 싫을 수가 없다. 호화로운 묘를 세우는 것은 죽은 이를 위하는 게 아니라 남은 이를 위한 것이다. 생전에 제대로 잘해드리지 못한 것이 걸려서 늦게라도 사죄하기 위한 마음도 있을 것이고 남들에게 과시하고 싶은 허세도 있을 것이다. 나는 떠나고 난 자리를 어수선하게 만들고 싶지 않다. 이미 나는 존재하지 않는 세상에 그 누구에게도 득이 되지 않을 것들을 남겨두어 살아 있는 이들에게 수고를 끼치고 싶지 않다.

아들이 "아버지! 비석이라도 세워야지 제가 섭섭하지 않겠습니까." "정 그렇다면 작은 판자에 이름을 새겨라. 산토끼들이 걸려 넘어지지 않게 해라. 너도 세상을 떠날 즈음이면 비목도 썩어 사라지게 해라."

사람으로 태어나 한 세상을 살다 가면서 무엇 하나라도 흔적을 남기고 싶은 것은 자연스러운 욕심일 것이다. 그런 면에서 나는 이미 많은 것을 남겼다고 생각한다. 그것이 꼭 다른 사람들이 알아줄 만한 훌륭한 업적이나 큰 성공이어야 할 필요는 없다. 각자의 삶을 사는 동안 우리는 알게 모르게 흔적을 남기고 있기 때문이다. 사진으로, 기록으로, 기억으로 남을 수도 있는 생의 모든 순간을 그저 즐겁고 열심히 살면 되는 것이다. 나는 열심히 살았기에 자신 있게 죽을 수 있다. 그래서 진정한 '웰 다잉'을 이루기 위해서는 최선을 다해 살아야 한다. 자신에게 주어진 삶을 충실하게 산 사람만이 진정한 '웰 다잉'을 맞을 수 있다.

건강하게 오래 살다 보면 마치 촛불이 녹아내리듯 온몸이 조용히 사그라진다. 이게 옛사람들이 이야기하는 '죽을 복'이다.

아낌없이 주다가
잘리는 나무 |

—

지하철 무임승차 기준인 만 65세가 너무 낮으니 70세로 올려야 한다는 얘기가 나온 지 꽤 되었다. 맞는 말이다. 지금의 65세는 말만 노인이지 신체적으로 노인이라고 부르기에는 너무나 젊다. 큰 병 없이 60세를 넘기고 나면 90세까지는 거뜬히 산다. 한창 시절 우리나라 경제발전의 주춧돌로서 큰 역할을 담당하고 이제 은퇴를 할 시기에 접어든 베이비부머 세대의 숫자가 700만 명. 그런데 우리가 '노인'이라고 부르는 계층의 수는 점점 증가하고 있는 반면 우리 사회의 노인에 대한 인식은 점점 뒷걸음질치고 있다.

언제부턴가 노인은 대화가 통하지 않고, 지하철에서 자리

양보를 요구하고, 이성적인 사고보다 옹고집의 대명사가 되어버렸다. 가끔 젊은이들이 많이 있는 카페에 들어갈라치면 따가운 시선이 느껴질 때가 있다. 심지어 어떤 레스토랑은 노인이 들어가면 예약을 했느냐고 물어본다. 안 했다고 하면 출입 금지다. '노인이 오면 물을 흐린다'나? 아니, 이 사람들아, 내가 목욕하러 간 것도 아닌데 물을 흐리다니? 서글픈 일이지만 노인은 가급적이면 마주치지 않을수록 좋은 집단으로 간주되고 있는 것이 현실이다.

사실 지금의 노인층이 젊은 시절에는 살기가 훨씬 수월했다. 나라가 풍요롭지는 않았지만 대학을 졸업하고도 일자리를 못 찾을 걱정 따위는 없었고 회사에서 조기퇴직을 당할 염려도 하지 않았다. 근대산업화의 특수를 마음껏 누린 세대였다. 그리고 정년을 꾹꾹 채운 뒤 퇴직을 하고 각종 보험과 연금 혜택을 가장 확실하게 받는 세대이기도 하다. 이렇게 노인들은 지하철도 공짜로 타고 온갖 국가적 혜택을 누리는 데 반해 젊은이들은 당장 취업하기도 힘들고 쥐꼬리만큼 받는 월급으로 먹고살기도 빠듯하다. 그런데도 노인 복지를 위한 곳간을 자신들이 갖다 바치는 각종 세금으로 따박따박 채워야 하니 노인들이 곱게만 보일 리가 만무하다. 예전에는 이런 간극이 '세대 차이'라는 얌전한 말로 불리었으나 나는 젊은 층의 커져가는 불만이 노인에 대한 '미움'으로 드러날까 두렵다. 노인 혐오시대를 넘어 '증오시대'로 가고 있는 건 아닐까. 이제는 노인층을 '차이나는 세대'가 아닌 일종의 투쟁의 대상으로 보는 지경에 이르고 있기 때문이다.

젊은 세대는 결국 자신들도 필연적으로 늙으리라는 것을 잘 알면서도 늙음을 적대시한다. 그리고 '아무것에도 도움이 되지 않는 존재'라는 낙인을 찍는다. 그러나 노인들은 저마다 가족에게, 그리고 이 사회에 '도움이 되는 존재'가 되기 위해 평생을 분투해온 사람들이다. 그런데 추수가 끝난 가을 벌판처럼 남은 것 없는 빈껍데기가 되고 나면 그동안 열심히 살아온 세월조차 모두 쓸모가 없어지는 것인가. 결국 오늘의 젊은이가 노인을 바라보는 시선은 미래에 자기네가 마주쳐야 할 시선, 바로 그것인데.

얼마 전 어느 명문대에서 학생들에게 설문조사를 한 결과를 보고 나는 기절할 듯이 놀라고 말았다. 부모님이 몇 살까지 사시면 좋겠느냐는 질문이었는데 대략 70대 중반쯤일 것이라는 나의 예상은 보기 좋게 빗나가고 말았다. 학생들의 대답은 불과 63세였다. 더욱 놀란 것은 이 조사는 한국 최고의 대학에서 이루어진 것이라는 것. 그 나이까지 부모들은 경제적인 능력이 있으니 자식의 입장에서는 부모님이 곁에 있는 것이 여러모로 득이 된다. 공부도 마쳐야 하고, 취직도 해야 하고, 결혼도 해야 하는데 자력만으로는 어렵기 때문에 부모님의 도움이 꼭 필요한 것이다.

기사를 읽으며 나는 쓴웃음을 짓지 않을 수 없었다. 요즘 세상에 63세면 한창 나이다. 그런데 그때까지 자식들을 위해 줄 수 있는 모든 것을 다 내어주고 더 이상 줄 게 없게 되면 그 젊은 나이에 그만 죽으란 소리인가. 몹쓸 것들! 단물 다 빼먹고 막상 돌려줘야 할 때는 나 몰라라, 라니. 씁쓸한 생각에 가슴 언저리가 얹힌 것처럼 답답해졌다. 굳이 '효'라는 말을 앞장세우고 싶지는 않다. 인간관계의 기본적인 상식선에서조차 납득하기 어려운 젊은이들의 이기주의다. 그리고 한편으로는 자식들에게 온갖 헌신을 다하고 빈털터리가 되고 마는 부모들의 맹목적인 사랑이 안타깝기도 하다.

난 결혼식에 잘 가지도 않지만 가서도 부조금을 내지 않는다. 결혼이란 독립을 해서 하나의 가정을 이루고 그 책임을 다하겠다는 선서이다. 그런데 그 출발부터 부모는 물론이고 남의 호주머니를 넘보며 하겠다는 그 발상 자체가 마음에 들지 않기 때문이다. 그런데 한국의 부모들은 집 장만에서부터 결혼 비용, 혼수까지 다 해주고 나서 정작 자신들은 돈에 쪼들린다. 그렇게 자식들에게 기댈 수밖에 없게 된 부모들을 자식들은 그때부터 짐으로 여기기 시작하는 것이다. 이런 세태가 바로 노인들을 불쾌한 집단으로 보는 사회현상을 부추긴다. 하지만 이게 오늘 한국사의 슬픈 장면이다.

나는 나의 장례식도 하지 않기로 결심했지만 동네방네 사람들을 죄다 불러 모으는 장례식도 별로 가고 싶은 마음이 들지 않는다. 으레 장례식이라고 하면 이름 석 자만 서로 아는 사이라도 가보는 것이 예의라고 생각하고, 떠들썩하게 치를수록 고인에 대한 예우라고 생각하는 경향이 있다. 이것은 모두 허례다. 그래서 나는 형식적으로 참석해야 하는 장례식에는 가지 않는다. 고인에 대한 추모의 마음이 절로 우러나야 간다.

사회에서 한 자리를 차지하고 그래도 꽤나 행세를 한다

는 집안에 결혼식이나 장례식이 있는 날은 길이 막힌다. 나는 이런 것들이 사회적 공해라고 생각한다. 적어도 남들에게 모범을 보여야 하는 위치에 있는 사람이라면 자식들에게 도둑 결혼식을 시킬 정도는 되어야 한다. 청첩장을 왜 돌려? 가까운 가족과 친지들을 포함해서 결혼식에 꼭 참석해야 하는 이들은 입으로 소식을 전하면 그만이다. 그들만 참석을 해도 결혼식은 충분히 따뜻하고 아름다울 수 있다. 그리고 그렇게 진심에서 우러나오는 축하를 받는 결혼식이 더 의미가 있지 않은가.

　가끔 나에게 주례를 부탁하러 오는 이들이 있다. 그러면 나는 하객이 몇 명이나 오느냐고 먼저 묻는다. 아무리 아끼는 제자가 주례를 서달라고 해도 손님이 백 명 이상 오는 결혼식의 주례는 정중하게 거절한다. 양가의 직계가족과 친지들, 친구들이 아무리 많다 한들 백 명 이상이 되기는 어려울 것이다. 하객 수가 많으면 순수한 결혼식이라고 보기는 어렵기 때문이다. 적어도 사회적으로 존경을 받는 '어른'이 되려면 이 정도의 신념은 가지고 있어야 한다. 설마하니 부조금 몇 푼이 탐나서 하는 짓거리는 아니길 빈다.

작금의 노인에 대한 사회적 인식에는 노인들의 책임도 반이다. 자식들을 사랑과 정성으로 키우되 지나치게 모든 것을 쏟아붓지는 말아야 한다. 어차피 자식들에게는 각자가 살면서 치러야 할 삶의 몫이라는 게 있다. 그러니 나이가 들수록 자식들에게 더 퍼줄 게 아니라 삶을 지키는 데 더 신경을 써야 한다. 자식들에게 기대지 않아도 충분히 삶을 유지할 수 있고, 여전히 적극적으로 활발하게 행동하며, 유연한 사고방식으로 아랫사람을 대우한다면 아무리 시대가 변한다 해도 '노인 공해'니 어쩌니 하며 짐짝 취급하는 일은 결코 일어나지 않을 것이다.

사랑을 베풀되 절제가 있어야 한다. 자식에게 물려줄 생각만 없다면 그 순간 부자가 된다. 사회 기여도 하고 친구에게 술도 한 잔 살 수 있는 여유가 생긴다. 그리고 아이들도 자립할 수 있는 용기와 의지가 생긴다. 이렇듯 교육적 차원에서도 지켜야 한다.

쓸쓸함이 당연하다 |

—

세월이 지나가는 속도는 나이에 비례한다고 한다. 서른이 되면 세 배, 마흔이 되면 네 배, 쉰이 되면 다섯 배. 젊을 때야 먹고사는 일에 쫓겨 하루 24시간이 어떻게 지나가는지 모른다. 하지만 아이들이 다 커서 더 이상 부모 손이 갈 일이 없고 한숨 돌릴 여유 시간도 생겼는데 왜 세월이 흘러가는 속도는 더 빨라질까. 그것은 세월 탓이 아니다. 뒤돌아보니 내가 '해 놓은 일'이 없는 것처럼 느껴지기 때문이다.

한창때에는 늘 일이 넘친다. 그중에는 내가 좋아서 하는 일도 있고, 어쩔 수 없이 해야 하는 일도 있다. 그래도 좋아하는 일은 해내고 나면 뿌듯하고 싫은 일은 해치우고 나면 후련하다. 끊임없이 무언가를 해내고 그 해낸 일이 쌓이는 것 같은 보람도 있다.

그런데 은퇴를 하고 나면 내게 주어지는 '일', 내가 꼭 해야만 하는 '일' 자체가 없어진다. 그리고 아이들은 다 저마다의 삶을 찾아 둥지를 떠난 후다. 내가 아니면 안 되는 일이란 더 이상 존재하지 않게 된 것이다. 그리고 내 앞에 덩그러니 놓인 나만의 생과 오롯이 대면을 해야 한다. 그때부터 공허감이 슬슬 마음속에 그늘을 펼치기 쉽다. 나는 이제 더 이상 쓸모없는 존재가 된 것인가, 뒷방으로 밀려난 사람이 되었는가 하는 생각이 들기 때문이다. 그러나 그 순간 내가 무슨 선택을 하는지가 중요하다.

어떤 이들은 소일거리를, 어떤 이들은 취미를 찾기도 하지만 또 어떤 이들은 막상 '일'을 놓고 나니 할 '일'이 없어 허둥거리기도 한다. 평생 일만 하고 살았으면 인생을 즐겨야지 이제 와서 무슨 일 타령이냐고 할 수도 있다. 그러나 내게 살아 있음을 자각하게 만들어주는 것이 바로 '일'이란 사실을 잊어서는 안 된다. 한창때처럼 생계를 위한 돈벌이는 아니라 하더라도 내가 좋아하는 일을 끊임없이 해야 하는 게 사람이다. 그게 젊음과 건강을 지켜주는 비결이란 게 뇌과학에서 증명된 진리다.

나이가 들고 나면 즐거운 일이 점점 줄어든다. 사람을 만나는 즐거움도 예전만 못하다. 나는 술을 한 잔도 잘 못 마시지만 그래도 예전에는 그 한 잔을 가지고도 거나하게 취한 친구들 못지않게 목소리를 높여가며 입담으로 술자리의 흥을 돋우곤 했다. 그런데 지금은 그것이 더 이상 즐겁지 않다. 그래서 술자리에 앉아 있어도 좀처럼 입을 열지 않게 된다. 사정을 모르는 친구들은 기분이 좋지 않느냐, 안 좋은 일이 있었느냐, 라고 성가시게 묻지만 한 번 줄어든 말수는 도통 늘어날 기미가 없다. 앞으로 내게 남은 시간을 생각하면 술자리에서 쓸데없는 농담으로 보내는 시간이 너무 아까운 것이다.

그러니 내가 즐거울 수 있는 일을 찾아야 한다. 살아온 날들보다 살아갈 날들이 부쩍 짧을 것을 생각하면 달려가는 세월 탓만 하며 흘려보낼 수가 없다. 세월은 흘러가는 것이 아니라 내가 살고 보내는 것이다.

요즘 사는 게 즐겁다고 느껴질 때는 책을 쓸 때다. 혼자 조용한 방에 앉아 창밖을 바라보며 명상에 잠겨 필요한 자료를 찾고, 생각의 힘을 모으고, 컴퓨터 대신 펜을 들어 직접 한 자 한 자 문장들을 적어나가는 그 시간이 내게는 가장 행복한 순간이다. 한참을 그렇게 쓰다가 책상 위에 쌓인 글들을 보노라면 기분이 흐뭇해진다. 장독대 안에서 오랫동안 잘 숙성한 장을 꺼낸 것처럼, 살아온 시간들 속에 깊어진 나의 경험들이 그 위에 고스란히 담겨 있다.

이만큼 나이가 들고 보니 인류 사회를 위해 무언가를 하고 족적을 남겨야 할 것 같은 강박증에 시달리곤 한다. 나는 아직도 팔팔하다는 생각에 나이를 세지 않고 살 때도 있었지만 요즘은 거꾸로 자꾸 나이를 계산하는 버릇이 생겼다. 나이는 스스로 내가 몇 살이라는 주관적 생각이 결정한다는데. 초조해졌다는 증거다. 그런데 내가 세상에 남길 수 있는 게 무엇이 있을까? 아무리 생각해봐도 책뿐이다.

사색하고 책을 쓰느라 혼자 있는 시간이 쓸쓸하기는 해도 원래 나이가 든다는 건 쓸쓸한 것이 당연하다. 그래서 나이를 먹으면 어쩔 수 없이 쓸쓸함과 적당히 타협을 해야 한다. 평생을 가족을 위해, 사회를 위해 밖으로만 눈을 돌리고 살았으니 이제는 스스로에게 집중하며 온전히 나를 바라보고 내가 무엇을 원하는지에 귀를 기울여보라는 것이다. 그래서 그 쓸쓸함은 어쩌면 남은 인생을 제대로 멋지게 한 번 살아보라는 삶의 배려일지도 모른다.

마음은 늙지 않는다 　|

—

　　얼마 전 망막 수술을 받았다. 그 바람에 똑바로 눕지 못하고 엎드린 자세로 보름을 버텨야 했다. 의사가 조심하라고 신신당부를 하는 통에 한 달 동안 바깥 출입도 제대로 하지 못하고 지냈더니 다리가 새다리처럼 가늘어지고 눈에 띄게 약해진 것이 느껴졌다. 그래서 일상으로 복귀를 하고 나서 일부러 다리에 힘을 키우느라 여간 애를 먹은 게 아니다.

　　나이가 든다는 건 힘들고 괴로운 일이다. 아무리 연륜이니 노련미니 우아한 포장지를 갖다 붙여봐도 세월에 속수무책으로 당하는 당사자는 하루하루 마음이 쓰리다. 점점 생기를 잃어가는 몸뚱이를 자각하는 일만 해도 그렇다.

눈에 문제가 생기기 한참 전부터 귀도 예전 같지 않아서 보청기를 끼고 다닌 지도 꽤 되었다. 늘 습관처럼 하던 일에도 어느새 허덕거리게 된다. 홍천의 선마을이 있는 종자산은 가파른 데가 제법 있다. 한창 때는 단숨에 꼭대기까지 오르곤 했지만 이제는 숨이 가쁘고 피곤해서 중간중간 꼭 쉬어주어야 한다. 그리고 그 쉬는 횟수가 점점 늘어나고 있다.

테니스 때문에 망가졌던 허리도 시원치가 않고 무릎이며 이빨이며 온몸 구석구석이 온전하게 버텨주지 못하고 사방팔방 고장이 나서 아우성이다. 그래서 "몸이 예전 같지 않아."라는 말을 입에 달고 산다. 그렇지만 86년을 잠시도 쉬지 않고 줄곧 써먹었으면 성한 것이 이상한 일일 것이다. 큰병이 들어 운신을 못하게 되지 않은 것만으로도 감사할 일이다. 그래서 여기저기가 쑤시고 아파도 지긋이 참고 '나이가 드니!' 하고 받아들인다. 몸도 기계나 매한가지다. 연식이 오래다 보면 닳고 망가진다. 늙음의 고통은 피하거나 달아날 수 없다. 그러니 의연하게 인정하고 버텨야 한다.

나는 아침에 눈을 뜨자마자 꼭 하는 일들이 몇 가지가 있다. 그중 한 가지가 온몸을 꾹꾹 주무르는 일이다. 발을 주무르며

'수고했다. 고맙다. 조심할게. 잘 부탁해.'라고 내 진심을 담아 말을 건넨다. 그리고는 쥘 르나르Jules Renard가 즐겨했던 아침기도를 올린다. '눈이 보인다. 귀가 즐겁다. 몸이 움직인다. 기분도 괜찮다. 고맙다. 인생은 참 아름답다.' 그러고 나서야 비로소 하루가 시작된다. 하루를 보내고 저녁에 잠자리에 누울 때면 아, 하고 긴 탄식이 절로 나지만 그래도 하루를 무사히 마친 나의 늙은 몸과 대화를 하며 적적함을 달랜다. 그러다 유독 지치고 피곤한 날에는 늙음이 더욱 서럽게 느껴진다. 몸은 마음 따라가는 거라지만 그렇게 일방적인 관계란 흔치가 않다. 오히려 마음이 몸의 지대한 영향을 받는다.

마음에 주름살을 새기는 것은 세월이 아니라 몸이 늙으면 마음마저 늙었다고 생각하는 나 자신이다. 그래서 육신의 나이듦을 자각하게 만드는 것들이 하나씩 늘어날수록 슬픔, 우울, 번민, 고민이 깊어간다. 그러나 몸은 어쩔 수 없이 늙지만 눈에 보이지 않는 마음은 늙을 수가 없다. 나이가 들면 외모가 달라지고 세상에 반응하는 속도가 달라지는 것이지 마음이 덩달아 달라져야 할 것은 없다. 몸과 달리 우리의 마음은 늘 가장 빛나는 시절을 살 수 있기 때문이다.

나이가 드는 것은 농밀하고 풍요로운 것이다.
사고와 사유가 깊어지고 자연에 대한 경외심도 깊어진다.
내면의 삶은 더 부유해진다. 그래서 행복지수가 높아진다.

항노화가 아니라 순노화順老化

　　인생은 선택의 연속이라고 한다. 그러나 삶의 근본적인 결정은 인간의 영역 밖이다. 우리는 자신의 부모를 선택할 수 없고, 자신의 성별과 외모, 지능을 선택할 수 없다. 성장의 환경 또한 우리의 선택이 아니다. 신의 주사위 놀음 같은 운명이 정해놓은 출발점에서 우리는 비로소 우리에게 주어진 선택과 기회를 통해 자신의 삶을 만들어간다. 그리고 시작이 그러했듯 그 마지막인 죽음마저도 우리의 선택권 밖이다. 그리하여 우리는 이 뜻하지 않은 생生을 시작하고 사死가 닥쳐서 모든 것이 끝나는 순간까지 그저 자연의 법칙에 순응할 수밖에 없다.

　　최근 한 학회에 강사로 초청을 받았는데 하필이면 그 강연의 주제가 '항노화'라고 했다. 곤란한 주제다. 나는 항노화라는 말을 무척이나 싫어하기 때문이다. 사람이 늙어간다는 건 거역할 수 없는 자연의 법칙이다. 노화를 굳이 적이라고 생각하고 거기에 대항할 전략을 짜봐야 소용없는 일. 늙지 않기 위해 아무리 발버둥을 쳐봐도 늙음은 탄생과 죽음처럼 어찌할 수 없다. 그러니 잘 늙는 방법이란 항노화가 아니라 순노화가 답이다.

나는 한 번도 늙지 않기 위해 일부러 무언가를 해본 적이 없다. 그때그때 나의 나이와 몸 상태에 맞춰 조금이라도 더 건강하게 살 수 있도록 노력하는 것뿐이다. 자연의학을 공부하기 시작한 것도 그 때문이었다. 늙는다는 것은 자연스러운 일인데 언제부턴가 늙음을 부정적인 것, 싫은 것, 추한 것으로 인식하게 되면서 그에 맞서는 것이 트렌드가 되었다. 그래서 조금이라도 젊어지는 법, 조금이라도 천천히 늙는 법 등이 유행을 타고 '항노화'가 붙은 제품들이 불티나게 팔려나간다.

늙으면 불편해지는 것이 사실이다. 눈도 나빠지고, 귀도 안 들리게 되고, 이빨도 부실해지고, 무릎도 삐걱댄다. 그래서 돋보기를 쓰게 되고, 보청기를 하고, 의치를 하게 되고, 인공관절이 필요해지기도 한다. 그러나 그것은 늙음의 반쪽만 보는 것이다.

늙음은 농밀하고 풍요로운 것이다. 사고와 사유도 깊어지고 자연에 대한 경외심도 깊어진다. 그래서 내면의 삶은 더 부유해진다. 나이가 들면 행복지수가 높아지는 것도 그래서다. 그러니 노화를 꼭 부정적인 것으로 몰아갈 필요는 없다. 기억력이 자꾸 떨어지면 한 번이라도 더 기억하려고 노력하면 된다. 금방 본 것인데 뒤돌아서면 잊어버린다고 한탄할 것이 아니라 주변에 또 물어보면 그만이다.

예전에는 강원도의 선마을을 갈 때마다 깔딱고개를 한달음에 오르내렸었다. 종자산 정상까지 이어지는 깔딱고개는 200m 남짓으로 거리는 짧지만 이름에 걸맞게 경사가 급한 고갯길이다. 나는 나이에 비해 건강한 편이지만 깔딱고개를 포기하고 쉬운 길을 골라서 간 지가 한참 되었다. 내 분수를 알아차린 것이다.

나이가 들면서 균형감각이 많이 떨어지다 보니 이제는 옆에서 누가 잡아주면 마음이 든든하다. 남들 눈이 무서워 손사레를 칠 일이 아니다. 지팡이가 필요하면 지팡이를 짚어야 하고, 누군가의 도움이 필요하면 도와달라고 청해야 한다. 나이듦은 부끄러운 일이 아니다. 자꾸 늙어가는 자신이 부끄럽고 화가 난다면 그것은 제 분수를 모르는 것이다.

조물주가 인간을 만들 때 인심을 보통 넉넉하게 쓴 게 아니다. 그래서 체력 즉, 신체 에너지의 20% 정도만 가동해도 일상생활에는 지장이 없도록 해놓았다. 나이가 들어 신체기능이 떨어진다 해도 마라톤 풀코스는 못 뛸지언정 당장 움직이는 것이 불편해지지는 않는다. 그렇지만 신체기능이 떨어져서 예전과 생활패턴이 달라지는 건 어쩔 수가 없다. 그런데 올챙이적 생각만 하면서 예전에는 내가 이랬는데, 하고 걱정하는 사람들이 있다.

잠자는 일만 해도 그렇다. 한창때는 베개에 머리만 대면 곯아떨어졌는데 이제는 밤에 제대로 숙면을 취하기가 힘들다고 호소하는 이들이 많다. 최소한 일곱 시간은 푹 자야 건강에 좋다는데 잠을 잘 못자니 이러다 건강까지 안 좋아지는 게 아니냐고 걱정을 한다.

원래 인간의 신체활동 곡선은 90분을 주기로 오르락내

리락한다. 젊을 때는 낮에 한창 일을 해야 하므로 그 곡선을 무시하게 되고 잠깐씩 졸음이 쏟아져도 억지로 참을 수밖에 없다. 그러나 나이가 들고 은퇴를 하고 난 뒤에는 낮에 졸릴 때마다 토막잠을 자도 뭐랄 사람이 없다. 그러니 밤에 꼬박 여덟 시간을 누가 업고 가도 모를 정도로 자는 것은 더 이상 불가능해진다. 길고 깊은 잠을 잘 수가 없다고 불안해하지 않아도 된다. 이것은 건강에 문제가 생기려는 신호가 아니라 원래 나이가 들면 그렇게 잘 수도 없고 잘 필요도 없는 것이다.

잠이란 신체와 정신의 피로를 회복하기 위해 매우 필요한 것이다. 그리고 기억과 학습을 위해 필요한 게 잠이다. 잠이 불편하면 공부를 하라고 권한다. 그런데 나이가 들면 신체 활동도 떨어지고 하루 종일 시간이 어떻게 가는지도 모르게 일을 하는 것도 아니니 정신이 피곤할 일도 없다. 그러니 밤이 됐다고 잠이 저절로 온다면 그거야말로 뭔가 문제가 있는 것이다. 할머니 할아버지들이 텔레비전을 보거나 신문을 읽거나 가족들과 이야기를 하다가도 잠깐 스르륵 눈을 감는 듯하더니 순간적으로 꾸뻑 조는 모습을 본 적이 있을 것이다. 이렇게 깜빡깜빡 잠이 오는 것도 자연스러운 현상이다. 그리고 이것만 해도 나이든 몸이 즉각적으로 피로를 푸는 데 더없이 중요한 역할을 한다.

나는 보통 밤 10시가 넘어서까지 일을 한 뒤 잠자리에 들고 새벽 네다섯 시면 어김없이 눈을 뜬다. 한 번 잠이 들면 잘 깨지 않고 푹 자는 편이다. 그것은 내가 그만큼 활동량이 많기 때문이다. 그렇지만 수면 패턴이 예전과 똑같지는 않다. 사무실에 야전침대를 가져다놓고 매일 20분 정도씩 낮잠을 자야 하루를 버틸 수 있다. 나이가 들고 나서는 어쩔 수 없다. 나이든 내 몸에 대한 대접 같은 것이다. 젊을 때야 앉아서 책상 위에 엎드린 채로 잠시 자거나 의자에 뒤로 몸을 기대고 자도 되지만 이젠 뼈도 쉬어야 한다. 나이가 들면 몸을 지탱하고 중심을 잡아주는 뼈의 역할이 아주 중요해진다. 편안하게 누워서 자야 자는 동안 뼈도 같이 휴식을 취할 수 있다.

세월을 역행하려 발버둥 쳐봐야 늙음은 어쩔 수 없다. 자연스러운 노화를 받아들이며 늙음과 동지가 되려면 한창 시절이 아니라 현재 내가 처한 현실을 기준으로 삼아야 한다.

잘 늙는 일이란 이렇게 겉에서부터 시작된다. 얼굴이 가장 먼저 늙음이 닥치는 곳이고, 우리의 눈이 가장 예민하게 늙음에 반응하기 때문이다.

그러나 '순노화'라고 하여 늙음에 항복하라는 의미는 아니다. 늙음을 어떻게든 물리쳐보려고 애면글면할 게 아니라 그냥 옆에 있는 듯 없는 듯 데리고 살라는 얘기다. '나는 더 이상 젊지 않다'는 사실을 인정하며 한 번도 당해보지 않은 육신의 불편함에 적응하고 삶의 질과 나의 자존이 크게 떨어지지 않도록 노력하라는 것이다.

진주珍珠를 만드는 나이 |

—

영리한 것과 지혜로운 것은 다르다. 지혜
는 세월과 함께 자라난다. 오랜 경험이 쌓이고 그 경험들에
서 삶의 슬기가 우러나온다. 지식과 지혜도 다르다. 지식은
책을 통해 알고 공부를 통해 터득할 수 있지만 지혜는 인생
의 온갖 경험들이 응축되어 쌓여야 한다. 한마디로 말해서
인생의 내공이 무르익어 생기는 것이다.

경험들이 축적되어 생기는 것을 '결정성 지능'이라고 부
른다. 1963년 심리학자 커텔Cattell은 보편적 지능을 두 가지
로 나누어서 정의했다. 하나가 유동성 지능Fluid Intelligence
이고, 다른 하나가 결정성 지능Crystallized Intelligence이다. 유
동성 지능은 생물학적으로 타고난 지능을 말하며, 결정성

지능은 후천적으로 교육과 경험에 의해 쌓이는 지능이다. 마치 조개가 품은 보잘것없는 유기물이 오랜 세월을 거쳐 진주가 되듯이 시간이 흐르면서 경험과 지혜가 무르익어 아름다운 보석으로 결정을 이루는 것이다.

유동성 지능은 20대에 정점을 찍고 서서히 감퇴한다. 젊었을 때는 한 번에 기억할 수 있었던 것들이 나이가 들면 두 번 세 번 반복해서 외우는 데도 돌아서면 머릿속에서 달아나고 없는 것이 이 때문이다.

나는 문화원에 새 식구가 들어올 때마다 이름을 열 번도 넘게 물어보고 나서야 겨우 기억을 한다. 그래서 자꾸 이름이 뭐냐고 물어도 화내지 말라고 미리 얘기를 해놓는다. 게다가 뻔히 아는 사람의 이름도 바꿔서 부를 때가 있다. 늙었다는 증거다. 유동성 지능이 떨어지는 것이다. 그러나 결정성 지능은 반대로 나이를 먹을수록 계속해서 높아지며 90세에 이르러서도 크게 떨어지지 않는다.

결정성 지능의 진주 같은 결정을 만드는 재료는 삶의 모든 경험들을 아우른다. 기쁜 일, 슬픈 일, 성공과 실패, 좌절과 눈물까지 어느 것 하나 안 들어가는 것이 없다. 결정성 지능의 상승세가 시작되는 나이는 40대 후반 정도이다. 그때쯤 되어야 그동안 겪어온 숱한 삶의 고비 고비들에서 그 의미를 헤아릴 수 있게 된다는 말일 것이다. 내가 허리 디스크로 테니스를 포기하고 운동 능력을 거의 상실했을 때가 바로 그 시기였다. 어찌 보면 그 불행이 내 삶의 한 시대를 마감하고 다음 무대를 준비할 수 있게끔 운명처럼 일어난 일이었는지도 모르겠다. 잠시도 가만있지 못하고 바쁘게 뛰어다니며 살던 내가 드디어 제자리에 멈추어 서서 나의 삶을 들여다보기 시작했으니 말이다.

나이가 들면 활동영역이 좁아지는 것이 당연하다. 움직이는 시간은 줄어들고 생각은 많아진다. 먹고사는 일이 이전과 다름없이 바쁘더라도 자꾸 나를 돌아보는 일이 잦아진다. 나처럼 호된 일을 겪지 않더라도 마흔 고개를 넘어서고 나면 자연스럽게 일어나는 현상이다. 삶을 바라보는 시선도 아울러 넓어지고 깊어진다. 아직 피가 너무 뜨거운 젊은 사람들에게는 노력해도 생기지 않는 능력이다.

나이를 먹으니 자연을 바라보는 눈도 달라진다. 한창 앞만 보고 신나게 달려갈 때에는 길가에 아무리 어여쁜 꽃이 피었어도 일부러 발길을 멈추고 바라볼 여유 따위는 없다. 그런데 콧노래를 부르며 느릿느릿 길을 걷다 보면 하늘도, 길도, 길섶의 이름 모를 풀꽃도 모두 눈에 들어온다. 그래서 걸음을 멈추고 여린 꽃잎을 한 번 쓰다듬어보기도 하고, 하늘을 올려다보며 혼잣말로 감탄을 하기도 한다. 마음의 여유가 생기는 것이다.

결정성 지능이란 공부를 많이 하고 사회적으로 성공을 거두고 명성을 쌓은 이들이 더 높은 것이 아니다. '벼는 익을수록 고개를 숙인다'는 속담처럼 나이를 먹으면서 온갖 경험들이 한데 어우러져 속이 꽉 찬 사람일수록 결정성 지능이 높고 스스로를 다스릴 줄 안다. 성장이 멈추었다고 해서 그때부터 시들 일만 남은 게 아니라 이제 성숙해질 차례인 것이다.

달리는 것을 멈추고 싶지 않아도 자연의 비정한 법칙은 나이로 우리의 질주에 브레이크를 건다. 그때 속도를 줄이지 않으면 가속도에 의해 넘어지게 되어 있다. 그러나 너무 억울해할 것은 없다. 유동성 지능은 떨어지고 기억하는 것보다 기억하지 못하는 것이 점점 많아지는 대신 우리도 알지 못하는 새 우리 안에 진주알 하나가 자라고 있다. 그래서 나이듦에는 팔팔한 유동성 지능을 가진 젊은이들은 절대로 가질 수 없는 그만의 빛이 있는 것이다.

삶의 정점을 찍고 하산기에 접어들면
꼭대기만 바라보던 시선이 발아래를 내려다보고
주위를 둘러보고 내 안을 들여다보게 된다.
젊을수록 더 감성적일 것 같지만
사실 진짜 감성은 나이가 들어서 제대로 발현된다.

하산下山의 미학 |

—

　　등산을 해본 사람은 다 알겠지만 산을 오
를 때는 숨이 턱까지 차오르고 한 발자국 내딛는 것도 고역
이지만 내려갈 때는 콧노래를 흥얼거릴 만큼 여유가 생긴
다. 그래서 오르막길에서는 정상까지 가는 데 집중하느라
발치의 계단만 뚫어져라 바라보게 되지만 내리막길에는 산
아래 경치도 굽어보고 길 옆의 울창한 숲속도 들여다보게
된다.

　인간의 삶 역시 이와 다를 것이 없다. 올라가면 내려와야
하기 마련이다. 그런데 사람들은 늘 오르막길에만 관심을
쏟는다. 사회적인 성공을 향해 열심히 달려가는 오르막길이
마치 인생의 목표이자 전부인 것처럼 생각하는 것이다. 그

러나 정작 더욱 깊은 의미를 담고 있는 것은 내리막길이다. 내리막길은 오르막의 기세가 꺾이고 난 뒤 그저 만만하게 가는 길이 아니라 인생의 나머지 절반이자 마무리를 담당하고 있기 때문이다.

인생의 정점을 찍고 내리막길에 들어서면 사람들은 '관조'라는 것을 하게 된다. 고요한 마음으로 주변과 사물을 두루 돌아보는 것은 그 나이쯤이 되지 않고서는 불가능하다. 나이듦에 뒤따르는 '좋은 일'들 중 하나인 셈이다. 내가 좋아하는 작가 이츠키 히로유키가 쓴 『하산의 사상』이라는 책에 그런 이야기가 나온다. 운명적으로 거부할 수 없는 하산을 시작하고 나면 이제 정신적인 성숙을 가꿀 차례라는 것이다.

인류 역사상 화려한 문명을 자랑했던 나라들의 흥망성쇠도 이와 같았다. 한창 성장기에는 오직 강성한 제국을 세우고 세력을 넓히기 위해 침략과 전쟁, 그리고 약탈에 몰두했다. 성장은 눈에 보이는 것을 쌓아올리는 시간이다. 그리고 영화의 정점을 지나 쇠락의 길에 접어들면서부터 그제야 밖으로만 향해 있던 눈을 안으로 돌려 찬란한 문명을 꽃피우기 시작했던 것이다. 생의 내리막도 마찬가지다. 전성기 때 그리도 탄탄했던 내 몸이 왜 이렇게 변해가는 걸까, 우울해 하며 부정적인 생각에 사로잡히기보다 이제 나의 깊이를 만들어갈 때다.

나이가 들면 신체적인 능력과 뇌의 활동 수치는 떨어지지만 감수성과 세상을 보는 눈은 더욱 예민해진다. 젊을수록 더 감성적일 것 같지만 사실 진짜 감성은 나이가 들어서 제대로 발현되는 것이다.

목표를 향해 달려가기 바쁜 시절에는 다른 것이 눈에 들어오지 않는다. 산을 올라가는 시기인 것이다. 그러나 삶의 정점을 찍고 하산기에 접어들면 꼭대기만 바라보던 시선이 발아래를 내려다보고 주위를 둘러보고 내 안을 들여다보게 된다. 그래서 역사 속 나라들도 시들어갈 때 문명이 피어나고 가장 감성적이다.

내가 굳이 강원도 홍천의 깊은 산속에 선마을을 짓겠다고 결심한 데에는 이유가 있었다. 현대인들의 감성이 너무 메말라간다고 생각했기 때문이다. 감성이 메마른 나머지 인간성마저 피폐해지고 있었다. 그리고 감정 조절을 잘 하지 못하는 탓에 사회가 날이 갈수록 격하고 거칠어지고 있었다.

한때 우리 정부에서 교육부를 '교육인적자원부'라고 불렀다. 그 말을 들을 때마다 나는 소름이 끼쳤다. 인간을 인간으로서 보아야지 어떻게 '자원'으로 볼 수가 있는가. 내가 존경하는 오종남 교수의 논조는 통렬하다. 그렇지만 한창 경제발전에 주력하던 당시 우리나라가 처한 상황은 자원도 기술도 너무 없었기에 사람을 국가발전과 산업화에 이바지할 수 있는 인재로 키우는 것이 유일한 방법이었다. 그러나 사람을 자원화하여 효율적으로 육성하는 데에만 초점을 맞추다 보면 인성과 감성에 대한 교육은 자연스레 소외될 수밖에 없다. 성장제일주의의 깃발 아래 효율은 우리의 유일한 가치가 되고 인성이나 감성은 뒷전이 되어버린 것이다.

선마을에서 밤하늘을 쳐다보면 별들이 쏟아질 것처럼 가득하다. 서울의 밤하늘에서는 별을 찾아보기가 힘들다. 별이 없어서가 아니다. 광해光害 때문이다. 도시 전체가 네온사인으로 번쩍번쩍하니 별빛이 맥을 못 춘다. 게다가 별을 보기 위해 하늘을 올려다보는 이도 없다.

내가 이렇게 우리가 잃어버린 감성을 되찾는 운동을 생각한 것이 벌써 20년 전이다. 그래서 사람들을 모아 문화기행을 시작했다. 가끔은 낙조가 좋은 곳을 찾아가 몇 시간이고 그 낙조를 보기 위해 기다리기도 한다. 감성이 회생해야 인간다움이 돌아온다. 감성은 인간만이 가질 수 있는 것이며, 우리의 살아 있음을 깨우치게 하는 증거다. 그리고 살아 있는 한 감성은 무한히 깊고 넓어질 수 있는 영역이다.

어쩔 수 없이 들어선 하산길. 하루하루 나이드는 육신을 느껴야 하는 것이 신날 수는 없다. 그러나 내리막길이라고 해서 아무렇게나 막 내려올 수는 없는 일이다. 산은 내려올 때 미끄러져서 사고가 나기 쉽고 계단도 내려갈 때 더 조심해야 하는 법이다. 그러니 천천히 풍경들을 감상하며 어느 한 걸음도 허투루 디디지 말고 가자. 열심히 올라가는 것만큼이나 잘 내려오고 나서야 등산은 무사히 끝이 나는 것이다.

지난 반세기 우리는 산업사회 구축을 위해 열심히 달렸다. 위를 향해 오르는 데만 주력했다. 덕분에 우리는 세계가 놀랄 한강의 기적을 이룩할 수 있었다. 하지만 지금은 고공 고속비행의 시대는 끝났다. 2~3% 경제성장률이 고작이다.

우린 하산할 준비도 해야 한다. 이게 등산의 순리다. 오르면 내려가야 한다. 그러나 어느 정치인도 그런 말은 하지 않는다. 아직 더 올라가야 한다는 국민의 욕망에 반대되는 말을 했다간 당장 표가 나오지 않을 것이기 때문이다. "그만하면 됐다."는 말을 누군가는 해야 하는 시점이다.

이제 우린 정상이다. 땀을 훔치고 발아래 경치도 내려다보면서 여유를 즐길 줄 알아야 한다. 더 오르겠다는 건 욕심인데도 더 오르지 못하면 즉각 불평불만이 쏟아진다. 더! 그것이 오늘날 한국의 사회 심리다. 더, 더, 하는 도파민 심리 탓에 인간의 욕심은 끝이 없고 마음 편할 날이 없다. 우리 조상의 지족정신이 새삼 지혜롭다는 생각이 든다.

친구, 그리고 인연 |

＿

　아무리 금슬이 좋은 부부도 하루 24시간을 매일같이 붙어 있다 보면 지겨워지기 마련이다. 대화의 주제도 떨어져가고 내용도 밋밋해진다. 그리고 말 한 번 잘못 꺼냈다가는 몇 날 며칠을 눈치를 봐야 한다. 그러니 부부라고 해서 생각 없이 무슨 이야기든 할 수 있는 건 아니다.

　가끔은 친구가 배우자보다 더 허물없는 사이일 수 있다. 아내에게, 혹은 남편에게 차마 털어놓지 못하는 이야기도 가까운 친구에게는 할 수 있기 때문이다. 친구는 미주알고주알 시댁 식구들의 흉을 보면 같은 마음으로 분노해주고, 처가 흉을 보더라도 말이 새어나갈까 걱정하지 않아도 된다. 인생에 있어 가족만큼이나 든든한 동반자가 되어주는 것이 친구이다. 이런 친구가 굳이 많이 있어야 하는 것은 아니지만 전화로 미리 약속을 하지 않고 불쑥 찾아가도 언제든 나를 반갑게 맞아줄 친구를 세 사람 정도는 만들어놓아야 한다. 이게 행복의 기준이라고 학자들이 말하고 있다. 당신에겐 몇이나 있는가.

나에게도 고마운 친구들이 몇 있다. 그중 한 사람은 크지도 않은 종이 무역사업을 하면서 내가 자리에 없을 때라도 문화원에 들러 슬며시 기부금도 내놓고 직원들에게 밥을 사주곤 한다. 자신이 굳이 넉넉해서가 아니다. 함께 일하는 직원들에게 친구인 나를 부탁하는 마음으로 베푸는 것이다. 나는 이런 친구를 가졌다는 것이 몹시 자랑스럽다. 억만금이 주머니에 있는 것보다 더 믿음직하고 감사한 일이다.

친구라고 하면 어렸을 때 한동네에서 나고 자란 고향 친구들도 빼놓을 수 없다. 그런데 고향을 떠나서 오랫동안 객지생활을 하다 보면 아무리 가까웠던 친구라도 조금씩 사이가 멀어지기도 하는 것이 사실이다. 시골에서 사는 사람과 대도시에서 사는 사람, 한국에서 사는 사람과 외국에서 사는 교포들이 서로 공통되는 화제를 찾기가 힘든 것은 생활이

다르다 보니 생각하는 것도 달라지고 가치관이 달라지기 때문이다. 삶에 우열이 있다는 얘기가 아니라 그저 서로가 다르다는 것이다. 나 역시 고향 친구를 아끼는 마음은 예나 지금이나 그대로지만 친밀감이 줄어들고 대화가 잘 통하지 않을 때가 종종 있다.

인간적인 애정을 느끼는 상대와 인생의 동반자가 될 친구에는 약간의 차이가 있다. 전자는 정을 나눌 만큼 친한 사이면 된다. 그렇지만 후자가 되려면 세상 돌아가는 이야기를 나누고 내가 관심 있는 분야에 대해 의견을 묻고 교환하는 소통이 가능해야 하며 가치관이 비슷해야 한다. 그런 친구는 하루아침에 만들어지지 않는다. 제대로 음식 맛이 우러나려면 시간을 들여 끓이며 때마다 들여다보고 저어주어야 눌어붙지 않는다. 사람과 사람 사이 역시 마찬가지다. 오랜 시간을 들여 대화를 나누고 자주 안부를 묻고 어려운 일이 있을 때는 서로 챙겨주며 정성을 들여 노력을 해야 한다.

내 친구들 중에는 요즘 유행하는 말로 '여자사람친구'인 '여사친'들도 꽤 있다. 젊을 때야 그렇지만 나이를 이만큼 먹고 나면 '남사친'과 '여사친'이 무슨 구별이 있겠느냐고 하지만 엄연히 차이가 있다. 물론 한창때처럼 남자와 여자의 의미로 구분을 짓는 것은 아니다. 그저 성별에 따른 다름을 말하는 것이다. 다 쓴 원고를 보여주고 의견을 물어도 여사친들이 하는 말과 남사친들이 하는 말이 다르다. 여사친들과 함께하는 자리는 정서적으로도 안정감이 들고 한껏 낭만적인 이야기를 꺼내놓아도 공감대가 생긴다. 그리고 약간의 설렘도 있다. 허물없는 남사친들만 있는 자리보다는 품위도 좀 따지게 되고 자연스럽게 약간의 긴장감도 느껴진다. 이런 자극들은 뇌로 하여금 성 호르몬은 물론이고 세로토닌, 옥시토신 등 행복 쾌적 호르몬과 같은 긍정적인 호르몬을 방출하게 만든다. 젊고 건강하게 오래 사는 비결 중 하나인 셈이다. 그러니 나이 들어 '여사친'이 웬 말이냐고 하기보다 성별에 관계없이 골고루 친구를 사귀는 것이 좋다. 나이 들수록 우아하고 섹시하게 자신을 다듬어야 한다.

좋은 친구를 만들기 위해서는 먼저 내가 친구로서 괜찮은 사람이어야 한다. 같이 영화를 보러 가거나 좋은 경치를 구경하러 가도 "이런 영화 왜 봐?" "이런 경치는 흔한 거다."라고 김 새게 만드는 사람은 곁에 두고 싶은 생각이 없어진다. 아무리 사람마다 좋고 싫음이 있다고 해도 내가 어떤 의견을 내자마자 내가 틀린 이유를 조목조목 대가며 반대하는 사람과는 어떤 얘기도 하고 싶은 마음이 생기지 않는다. 비판적이고 냉정한 것이 젊을 때는 멋있게 보일지 몰라도 나이가 들어서는 알아도 모르는 척 한 수 접고 들어가는 아량이 필요하다.

세월이 흐를수록 삶의 빈틈이 늘어난다. 그 틈을 채워주는 것은 사람이다. 책 한 권을 쓰려고 해도 나 혼자 뚝딱 쓸 수 있는 게 아니다. 내가 모르는 내용에 대해서는 자문을 구하고, 이미 알고 있는 것들이라도 전문가에게 다시 한 번 확인을 하고, 남이 한 말을 인용이라도 하려면 허락을 받기 위해 당사자를 만나야 한다. 완벽하지 못한 나의 지식을 채우려면 수많은 사람들의 도움이 필요하다. 그러니 늙어서 굳이 돈 욕심을 낼 일은 없어도 사람 욕심은 부릴 만하다. 사람을 얻는 일은 하나의 세상을 얻는 일과도 같기 때문이다. 그렇게 나에게 선한 영향을 미치는 친구들을 주위에 두고 함께 늙어갈 수 있는 것만큼 큰 축복은 없다. 많은 연구 보고에 의하면 친한 인간관계가 곧 행복의 기본이라고 한다.

그렇게 나의 삶이 다소 한적해졌으면 좋겠다.
혼자만의 사색을 즐기며 가끔 몇몇의 사람들과
밀도 있는 시간을 같이 보낼 수 있다면
나의 인간관계는 좁아진 것이 아니라
깊어져가고 있는 것이다.

스트레스와 감사 |

―

　　누가 나에게 '꼭 해보고 싶었지만 해보지 못한 일'이 무어냐고 물으면 딱 떠오르는 것이 한 가지 있다. 술을 진탕 마시고 술집에서든 길거리에서든 대자로 뻗어보는 것이다. 술을 잘 마시지 못하는 체질을 타고난 것도 이유이지만 몸에 밴 절제력이 강해서 그런 고삐 풀린 짓을 감행하기는 애초에 틀려먹은 탓도 있다.

　　서당 훈장님 할아버지에 성균관 유생인 아버지를 둔 나는 어린 시절부터 '월곡댁 둘째 손자'라는 딱지가 항상 등 뒤에 붙어 다녔다. 그래서 온 동네 개구쟁이였지만 정도를 벗어난 행실은 금물이었다. 그때 나도 모르게 습관이 되어버린 절제력은 평생을 따라다녔다. 그래서 나는 건강에 해가 될 정도로 무언가를 지나치게 하는 법이 없다. 아무리 글이 신명나게 술술 풀리는 날에도 무리하지 않는다. 한마디로 '재미가 없는 사람'이다. 그래서 머리로는 '남자가 한 번 팍 무너질 때도 있고, 술에 취해 속내를 쏟아낼 때도 있고 그래야 하는데……'라고 생각하지만 진짜로 실천에 옮긴 적은 평생 단 한 번도 없었다. 꼭 하고 싶은 말은 맨정신에 한다. 그래야 진솔한 대화가 될 수 있기 때문이다.

그러다 보니 '스트레스를 어떻게 푸느냐'는 질문을 종종 받곤 한다. 이상하게 들리겠지만 나는 특별히 스트레스라는 것을 느껴본 적이 별로 없다. 스트레스가 아주 없을 수야 없겠지만 딱히 그걸 '풀어야' 할 만큼 느껴본 적이 없다는 얘기다. 아무래도 낙천적인 내 성격이 가장 큰 원인일 것이다. 누가 내 등 뒤에서 험한 소리를 하거나 없는 말을 꾸며 험담을 하는 걸 알아도 '그 사람이 나를 시기할 만큼 잘난 사람으로 본다는데 어쩌랴.' 이렇게 생각하면 마음이 편하다. 오히려 우쭐해진다. '내가 그렇게 잘났나?' 잘난 사람 뒤에는 스캔들이 따르게 마련이다. 난 그렇게 잘난 것은 아닌데 내 뒤에도 악플이 꽤나 시끄럽다. 질투인가, 아니면 성격이 원래 그런 것인가. 어쨌든 난 개의치 않는다. 오히려 그런 인간이 측은하게 느껴진다. 인기 스타가 유명세를 치르듯 뜬구름 같은 루머에 속상해했다간 지레 죽는다. 누굴 잡고 원망할 수도 없는 일. 내가 내 힘으로 어찌할 수 없는 것들은 마음에 담아 두어봐야 나만 손해다. 그래서 그냥 흘려듣는 쪽을 선택하고 그래도 앙금이 남는 일들은 책을 읽거나 운동을 하며 잊는다. 평생을 그렇게 살았다.

사실 스트레스는 극복의 대상이 아니다. 친구 중에도 마음이 더 가는 친구와 덜 가는 친구가 있지만 어쨌든 친구이기에 양쪽 모두와 시간을 보내듯이 스트레스란 그중에서 덜 좋아하는 친구와 같다. 덜 좋아하는 티를 내며 한시라도 빨리 내 곁에서 사라지게 만들려고 맞서서 싸울 생각을 하면 삶이 시끄러워진다. 건드리면 건드릴수록 더 큰 상처를 내는 것이 스트레스다. 그러니 내 곁에 머무는 것을 애써 막지 않되 분란을 만들지 말고 조용히 있다가 가게 만드는 것이 상책이다. 스트레스는 아예 상대를 하지 않고 가만히 내버려두면 알아서 제풀에 물러가게 되어 있다.

나이가 들수록 스트레스를 데리고 사는 일에도 요령이 붙는다. 결혼생활이 오랠수록 아내의 잔소리에 익숙해지는 것처럼 오랜 삶의 경험으로 인해 스트레스에 좀 더 무심해질 수 있는 것도 이유일 것이다.

그리고 나의 경우에는 평생을 정신과 의사로 일하며 스트레스에 대한 연구를 해온 직업적 혜택도 있었다. 스트레스로 고생하는 수많은 환자들을 상담해오면서 스트레스에 대처하는 방법이 상당히 성숙해졌기 때문이다. 환자들을 치료하면서 그들 나름의 스트레스 해소법에 귀를 기울이다 보니 환자들의 체험을 통해 많은 것을 배웠고, 어느새 나 스스로 스트레스를 다루는 기술을 여러 가지로 터득하게 된 것이다.

스트레스는 따지고 보면 자신의 욕심과 기대심리에서 비롯되는 부분이 크다. 다른 사람들이 나에게 이렇게 해줬으면 좋겠는데 그게 내 마음처럼 되지 않으니 스트레스를 받는 것이다. 그러나 타인이 내 속을 꼬치꼬치 다 아는 것도 불가능한 일이거니와 내 뜻대로 움직여줄 리도 없으니 사실은 실현 가능성이 전혀 없는 일을 기대하며 괜스레 감정만 다치는 셈이다. 충족되지 않은 마음은 불만으로 쌓이고 스트레스를 불러온다. 그래서 애초에 스트레스를 받지 않기 위한 가장 좋은 방법은 '현재'에 감사하는 것이다. 감사할 줄 알아야 행복해질 수 있다.

한창 연애감정에 불타는 남녀가 오랜만에 만나서 포옹을 하면 격정이 불타오른다. 그 밑에 깔린 감정이 무엇인지 헤아릴 새도 없다. 사랑도 행복도 이렇게 격한 감정 상태에서는 제대로 느낄 수 없다. 격정의 순간이 지나고 마주 앉아 차 한 잔을 나누며 서로 사랑스런 눈길을 주고받을 때, 그제야 잔잔하게 밀려오는 게 바로 행복이다. "바쁜 중에도 틈을 내어서 이렇게 와줘서 고마워", "넌 언제 봐도 든든해, 고마워", "넌 언제 봐도 참 예뻐." 이런 감사의 염念이 떠오를 때 행복으로 가슴이 벅차오른다. 뜨거운 열정보다는 이렇게 누군가의 존재 자체에 그저 감사한 마음이 아련하게 밀려오는 순간, 우리는 누군가를 사랑함으로 하여 진정한 행복을 느끼게 되는 것이다.

우리는 행복하지 말아야 할 이유가 하나도 없다. 100년 전에 태어났더라면, 내전이 한창인 나라에 태어났더라면, 멀리 갈 것도 없이 조금만 북쪽에서 태어났더라면 지금 우리는 어떻게 되었을까? 나는 가끔 퇴근길에 올림픽 도로에서 심한 교통 체증으로 오가도 못 할 때조차 감사한 마음이 든다. 길이 막혀서 짜증이 날 만큼 차가 많아졌다는 건 그만큼 우리가 잘살게 되었다는 증거가 아니던가. 그리고는 저 아래 한강 하류 위로 펼쳐지는 황홀한 낙조에 취한다. '그래도 차가 막히는 바람에 저 기가 막히게 아름다운 석양을 좀 더 오래 볼 수 있어 참 좋구나'. 어차피 내가 차 안에서 스트레스를 받으며 짜증을 폭발시켜봐야 길은 계속해서 막힐 뿐이고 화만 난다.

감사하는 마음이 없기에 스트레스가 생겨난다. 불평하고 원망하는 마음에 행복이 깃들 여지는 없다. 청년 실업 문제가 갈수록 심각해지고 부동산 경기는 널을 뛰며 정치판은 하루도 바람 잘 날이 없다. 경기가 도무지 되살아날 기미가 보이지 않는 현실 속에서 언제부턴가 우리는 매일 불행의 바닥을 훑어내며 산다. 행복해질 희망 같은 것은 다 부질없는 꿈이고, 그러기에는 가진 것이 너무 적다고 불만이다. 지금 내가 가진 것 정도는 너무나 당연하다고 여기는 당연 심리, 이게 사람을 망친다. 그래서 더 가지지 못하는 것이 못

내 원통하고 그나마 가진 것을 조금이라도 빼앗겼다 싶으면 당장 분노가 불처럼 치솟는다. 그것은 우리가 행복이 부족해서가 아니라 감사가 부족하기 때문이다. 차분한 눈으로 주변을 돌아보면 감사한 것 투성이다. 사과 한 알이라도 내 손에 들어오기까지 수많은 사람들의 정성과 땀이 묻어 있다. 생각이 여기까지 미치면 고마움을 넘어 눈물나게 감동이 밀려온다.

남을 배려하고 스스로를 낮출 줄 아는 겸손한 사람은 스트레스를 잘 받지 않는다. 물은 언제나 겸손해서 아래로만 흘러 끝내 큰 바다를 이룬다. 부딪힘도 막힘도 없이 부드럽게 흘러간다. 만일 누군가 내 뒤에서 흉을 보고 다닌다고 해도 겸손한 이들은 그것이 그 사람의 다가 아니라는 것을 안다. 하나의 행위가 그 사람의 전부를 결정지을 수는 없는 일이다. 내 흉을 보고 다닌 것은 일부분일 뿐이다. 그리고 그건 그의 자유다. 스트레스를 얼마나 받느냐는 인격적 수양의 정도와도 밀접한 관련이 있다. 겸손하지 못하거나 자기 욕심이 많은 이들은 감사할 줄 모르기 때문에 스트레스에 취약하다.

천석꾼은 천 가지 걱정이 있고 만석꾼은 만 가지 걱정이 있다고 한다. 현대사회를 살아가는 우리들이 스트레스와 고민으로부터 완전히 자유로울 수는 없다. 그러나 고민에는 열심히 생각하면 해결책을 찾을 수 있는 고민이 있고 아무리 생각해봤자 해결이 불가능한 고민이 있다. 사소한 다툼으로 연인이 화를 내며 가버렸다면 연인을 달랠 방법을 열심히 고민해야 한다. 만나서 오해를 풀어줄 수도 있고, 서운했던 감정을 보상해주기 위해 꽃다발을 보낼 수도 있다. 이런 해결성 고민은 병을 만들지 않는다. 오히려 좋은 방향으로 나아가기 위한 고민이므로 건설적인 것이다. 어려운 목표를 앞에 놓고 방법을 찾기 위해 갈등하고 고민하는 것 역시 마찬가지다.

그런데 가령 키가 작은 것이 고민이자 스트레스라고 치자. 이것은 그냥 현실로 받아들이는 것밖에 해결책이 없다. 그렇지만 콤플렉스는 남는다. 그런데 이 콤플렉스를 그냥 콤플렉스로 안고 살 것이 아니라 역발상으로 바꾸는 게 현명하다.

패전국이라는 낙인과 모든 게 작은 것이 콤플렉스였던 일본은 경제 발전으로 세계를 제패했다. 병원에서 일할 때 태어날 때부터 사지가 없는 여자 환자가 입원을 한 적이 있었다. 한창 열등감에 시달리고 있던 그 환자에게 당시 주임교수는 "너는 남들이 갖지 못한 것을 가지고 있어. 너는 팔이 없다는 사실을 가지고 있지 않니? 너의 이야기는 다른 많은 사람들에게 용기와 희망을 줄 수 있을 거야."라고 했다. 답이 없을 것 같은 약점을 해결하는 방법은 생각을 뒤집는 것이다.

나이를 이쯤 먹고 보니 꽃이라면 다 예쁘다. 그것이 꼭 장미나 백합, 튤립이나 동백처럼 화려하고 인기가 있어야 예쁜 것이 아니다. 다른 꽃들보다 좀 덜 눈에 띄는 색이면 어떻고, 좀 더 왜소한 크기면 어떻고, 좀 더 척박한 땅에 뿌리를 내렸으면 어떠랴. 잡초밭에도 꽃은 피고 하나같이 예쁘다. 꽃은 옆에 핀 꽃을 곁눈질해가며 속을 끓이지 않는다. 꽃은 누가 뭐래도 자신의 색깔 그대로 피고 진다.

우리도 불만과 욕심과 나의 모자람을 먼저 떠올리면서 자꾸 스트레스를 양산할 게 아니라 모든 순간을 꽃처럼 살아야 한다. 꽃으로 태어났으니 살아 있는 모든 날들이 아름답지 않을 수가 없다. 그러니 단단히 뿌리를 박을 수 있게 한 뼘의 땅을 내어준 대지와 절실한 순간 잠시나마 의지가 되어준 구름과 비와 이름 모를 이웃의 풀들에 이르기까지, 꽃을 꽃으로 살게 해준 모든 것에 감사하듯 살아야 한다.

미국 아이오와 대학에서 한 실험이다. 사방 30cm 나무통에 보리밀 한 톨을 심었다. 싹이 트고 자라나 열매도 몇 톨 열렸다. 학생들이 나무통을 깨고 보리의 뿌리 길이를 재보고는 깜짝 놀랐다. 자그마치 11,200km, 경부선 400km를 열네 번 오가는 길이다. 그 열악한 환경에서 보리는 최선을 다했던 것이다. 누가 이 보리를 두고 "야, 넌 왜 그리 빈약하냐." 하고 나무랄 수 있겠는가. 실험실의 쾌쾌한 공기, 밤의 어둠과 차가움 속에서 보리는 생존을 위해 온 힘을 다해 싸웠다. 보리는 정원의 화려한 장미를 시샘하지 않는다. 주어진 여건 속에서 최선을 다한 보리 앞에 감탄과 감동이 절로 우러난다.

시간에 대한 설렘 |

—

나이가 들면 추억을 곱씹는 재미로 산다고 한다. 맞는 말이다. 점차 옛날 생각이 많이 나기 때문이다. 달이 유난히 밝은 밤이면 언제인지도 가물가물한 옛사랑 생각이 나는가 하면 봄이 와서 겨우내 앙상하던 나뭇가지에 파릇파릇 잎이 돋기 시작하면 지금은 완전히 사라지고 없는 어릴 적 살던 동네가 떠오른다.

언젠가 한 번은 여행을 가서 문인화를 그리고 있었는데 일행 중 나이든 한 분이 그림 옆에 '달이 암만 밝아도 쳐다보지 않기로 했습니다.'라고 적어놓은 글귀를 보더니 "달을 보면 옛날 생각이 떠올라서 그립고 아련하지만, 절대 되돌아갈 수 없는 그 시간이 괴로우니 차라리 안 보겠다는 것, 정말

애틋하고 아름다운 정경이 아닐 수 없습니다."고 아주 그럴 듯한 해석을 내놓았다. 나이가 그만큼 들었으니 나이든 나의 속내를 그렇게 척하니 읽어내는 것이리라.

기억을 담당하는 해마와 감정을 담당하는 편도체는 아주 가까이에 자리를 잡고 있어서 감정이 부착된 기억은 좋은 것이든 나쁜 것이든 오래 남는다.

그런데 기억은 우리가 저장해놓은 것을 그대로 두지 않고 시간이 흐르면 새롭게 자꾸 편집을 한다. 그래서 세월이 갈수록 기억이 조작되기도 하고 오히려 기억의 빠진 퍼즐이 맞춰지기도 하는 것이다. 특히 사람은 나쁜 감정의 경우 시간이 지날수록 자꾸 좋은 쪽으로 왜곡된 편집을 하려는 경향이 있다. 우리를 행복하고 즐겁게 만들어주려는 것이 뇌의 본능적인 작용이기 때문이다.

정신분석에선 뇌의 이런 성질을 쾌락주의 원칙Pleasure Principle이라 부르고 있다. 그래서 절절하게 가슴 아팠던 첫사랑도 세월이 흐르고 나면 따뜻하고 애틋한 기억으로 남게 되고, 이때쯤 되면 인생에서 크게 상처받았던 순간들까지도 웃으며 뒤돌아볼 수 있게 된다. 그것은 기억의 마술 같은 편집 실력 때문이기도 하지만 나를 펑펑 울게 만들었던 그 날의 절망마저도 이제는 늙은 가슴을 설레게 만들기 때문이다. 그래서 모든 추억은 아름답고, 나이가 들수록 회상은 더욱 달콤해진다.

향수는 우리 뇌 건강에 특히 유익하다는 뇌 과학 보고가 많다. 옛날의 좋았던 시절을 떠올리는 순간 기쁨, 쾌락의 피개영역 하부에 불현듯 빛이 난다. 이럴 때 도파민이 펑펑 쏟아진다. 이게 뇌의 보상기전이다. 과거의 경험을 공유한 고등학교, 대학교 동창들이 모이면 어린애처럼 즐거워지는 이유다. 교가를 부르면 어깨동무가 절로 되고, 우리는 정서적으로 아주 가까워진다. 스무 살 안팎에서 한 경험이 가장 기억에 인상 깊게 남기 때문이다.

이미 살아버린 지나간 날들이 이렇게 다시 설렐진대 새롭게 살아갈 날들에 대한 설렘이야 두말할 필요가 있을까. 한창 팔팔한 나이에 나는 마치 내가 언제까지나 그렇게 팔팔하게 살 수 있을 것이라고 생각했던가 보다. 나의 늙은 미래는 상상조차 해본 적이 없었다. 그런데 내가 나이를 먹고 이런 모습으로 살고 있다니!

언제부턴가 나는 내게 남은 날들을 가만히 헤아려보는 버릇이 생겼다. 물론 얼마나 남았는지는 나도 모르지만 옛날처럼 막연하게 앞으로도 지금처럼 계속 이렇게 살아갈 것이라는 생각은 더 이상 하지 않는다. 그럼에도 불구하고 한 가지 변하지 않는 것은 있다. 매일 아침, 나의 하루는 설렘으로 시작된다.

눈을 뜨는 순간 나는 내게 또 다시 새로운 하루가 주어졌다는 사실에 안도한다. 그리고 감사와 함께 가슴이 설레기 시작한다. 미적거리지 않고 바로 자리를 박차고 일어나 20분쯤 간단한 스트레칭을 한다. 그리고 감사 기도를 드린다. 나이가 들어서 그런지 몰라도 요즘은 눈을 뜨고 살아 움직이는 것만으로도 감사하다. 기도가 끝나면 제자리 뛰기를 10분쯤 한다. 소위 건강에 좋다고 하는 것들은 하루 이틀해서 효과가 나는 것이 없다. 무조건 꾸준히 해야 한다. 나는 이런 나만의 아침운동을 하루도 빠짐없이 50년 가까이 해왔다.

설렘이 가득한 아침을 위해 미리 준비를 해두는 것도 좋다. 읽던 책을 일부러 머리맡에 가져다놓으면 궁금했던 책의 다음 부분을 계속해서 읽을 수 있다는 생각에 가슴이 설렌다. 때로는 지난밤까지 붙들고 있던 원고와 펜을 눈에 띄는 자리에 가져다놓는다. 혹시라도 신선한 아이디어가 떠오르면 바로 써내려갈 수 있도록 말이다.

가끔은 지난밤에 써지지 않던 글이 아침에 술술 풀릴 때가 있다. 매일같이 원고를 써대지만 모든 원고가 마음먹고 의자에 앉는다고 줄줄 나오는 게 아니다. 어떤 날은 꽉 막힌 굴뚝처럼 암만 머리를 굴려봐도 도무지 진전이 없을 때가 있다. 그런데 그렇게 맥락 없이 정체되어 있던 생각의 줄기가 밤사이 정리가 되어 아침에 눈을 뜨는 순간 갑자기 뻥 뚫리는 것이다. 이럴 때는 허둥지둥 책상 앞에 앉아 펜부터 들어야 한다. 막힘 없이 펜이 달려 나갈 때 나는 더없이 황홀한 아침을 맞는다.

설렘으로 하루를 시작할 수 있다는 것은 큰 축복이다. 내게 주어진 오늘은 어제 생을 다한 이들이 가진 모든 것을 바쳐서라도 갖고 싶어했던 시간이다. 내게도 그러한 이별이 언제 어느 순간 닥칠지 모른다. 그런 생각이 들 때마다 나는 온전히 내 손에 쥐어진 이 하루의 삶을 정말 충실하고 후회

없이 잘 살아야겠다는 다짐을 하게 된다. 그것은 꼭 하루 종일 바쁘게 뛰어다니며 무언가 생산적인 일을 해야 한다는 얘기가 아니다. 내게 일어나는 모든 일들과 내 가슴속에 생겨난 모든 감정들을 기쁘고 겸허한 마음으로 받아들이고 시간을 허투루 보내지 말아야 한다는 것이다. 젊었을 때야 오늘 하루쯤은 새털같이 많은 날들 중 하나에 불과할 수 있지만 나이가 들수록 그렇게 흥청망청 사치를 부리고 있을 여유가 없다. 내가 생각 없이 고개를 돌리는 어느 순간에 이별이 나를 찾아올지 모르고, 후회와 미련을 남길수록 생을 뒤로 하는 발걸음은 무거워질 것이기 때문이다.

● 세상은 넓다. 여든여섯 해를 살았어도 내가 아는 세상은 그 세상에 앉은 먼지 한 톨만큼일 뿐, 아직 내가 모르는 무한한 것들이 저 밖에 존재한다.

그러니 낯선 길을 가는 것을 두려워하지 말고, 낯선 일에 부딪치는 것을 주저하지 말고, 낯선 것을 해보는 일을 멈추지 말라.

지속적인 자극으로 전두엽을 지키지 않으면 나이든 몸뚱어리처럼 감정에도 빠르게 깊은 밭고랑 같은 주름살이 파이고 만다. 나이가 들어도 여전히 두근거리는 눈으로 세상을 볼 일이다.

3 ———————— 나이에 대한 예의

나잇값을 한다는 것 |

———

신경세포는 한 번 죽으면 되살아나지 않기 때문에 나이가 들면서 지능은 감퇴하게 된다. 그래서 어떤 이들은 '늙으면 머리가 굳는다.'라는 표현을 하기도 한다. 반면에 삶의 지식과 경험을 담당하는 결정성 지능은 세월이 흐를수록 높아진다.

그런데 통괄성 지능이 문제다. 많은 정보를 통합하고 기획하고 의사를 결정하고 상황을 판단하는 능력인 통괄성 지능은 나이가 들면서 더 높아지는 사람이 있는가 하면 더 낮아지는 사람도 있다. 통괄성 지능이 높은 사람은 나무가 아니라 숲을 볼 줄 알고 다른 사람들을 잘 다독이며 이끈다. 다른 세대와의 소통에 적극적으로 나서고 은퇴를 하고 나서도 자신이 할 수 있는 일을 찾아서 하는 사람들은 통찰성 지능이 높다. 그러나 은퇴 후 사회생활에서 완전히 물러나 앉은 뒤 외출도 자주 하지 않고 소위 말하는 '뒷방 늙은이'가 되어버린 사람들은 이 지능이 떨어져 '옹고집' 노인이 되기 쉽다. 진정한 나잇값이란 나이가 들면 누구나 올라가게 되어 있는 결정성 지능에 이 통찰성 지능이 합쳐져야 한다.

통찰성 지능은 인내하고 관조하는 능력에도 영향을 미친다. 나이가 들면서 점점 더 괴팍해지는 사람들은 통찰성 지능이 떨어지는 사람들이다. 젊을 때는 몸뿐만 아니라 정신에도 힘이 있어서 고약한 생각들을 이성적으로 밀어내는 것이 가능하다. 그런데 나이가 들면서 점점 정신의 힘도 약해지면 그 인간의 원래의 본성이 그 밑바닥을 드러내게 된다. 사사건건 심통만 부리는 노인이 될 수도 있는 것이다. 이렇게 통찰성 지능이 떨어지게 되면 사회적으로도 고립이 되기 쉽다. 나이가 많든 적든 성질 고약한 노인과 함께 시간을 보내고 싶어 하는 사람은 없을 것이다.

'옹고집'이라는 말은 우리나라 고전소설 『옹고집전』의 욕심 많고 심술궂은 옹고집이라는 주인공에서 유래했다. 한자로 막을 '옹瓮'에 굳을 '고固', 잡을 '집執'을 써서 꽉 막힌 고집쟁이를 뜻하며, 억지가 심하고 자기 생각만 옳다고 우기는 고집 센 사람을 '옹고집'이라고 부른다.

그런데 이 '옹고집'이라는 말을 가장 많이 가져다 붙이는 대상이 바로 '노인들'이다. 텔레비전에도 노인은 남의 말은 들으려고도 하지 않으면서 자기 말을 듣지 않는다고 역정을 내는 사람으로 묘사되는 경우가 많다. 그럴 때 주변 사람들은 한결같이 '젊었을 때는 안 그러더니 나이 들어 사람이 변했다'고 투덜거린다. 늙으니 고집도 세지고, 참을성도 없어지고, 화도 잘 내고, 자신만 생각한다. 눈에 조금이라도 거슬리는 것에 잔소리가 심해진다.

노인이 되었다고 해서 본래의 성품이 변하는 것은 아니다. 그러나 정신력이 떨어지고 육체적인 변화가 성품에 영향을 미치는 점은 분명히 있다. 자아의 기능이 온전하고 튼튼할 때는 고약한 본성이 드러날 때 이를 억제, 통제할 수 있지만 나이가 들면 이 기능이 결정적으로 약해지기 때문이다.

노인이 되면 신체 능력이 감퇴하고 기억력도 떨어지지만 사람이 어떤 일을 할 때 나이를 자각하면서 하지는 않는다.

그러다 보니 예전처럼 빠르고 정확하지 못한 스스로가 답답할 수밖에 없다. 이런 좌절감이 쌓이다 보면 조급해지고 쉽게 화를 내게 되는 것이다. 그리고 나이가 들면 마음의 유연성도 떨어지게 된다.

나는 평생 사회활동을 하면서 얻은 수많은 지식과 경험들을 젊은이들에게 들려주고 싶다. 난 비록 실수를 저지르고 인생의 쓴맛을 보았지만 자라나는 세대들은 나 같은 일을 반복하지 않았으면 하는 바람이다. 그래서 자꾸 잔소리를 할 수밖에 없다. 그리고 내가 큰 대가를 치르고 얻은 귀한 지혜이기에 상대방에게 내 말을 강요하게 되기도 한다.

내가 일하고 있는 세로토닌 문화원의 직원들과의 세대 차이를 생각해보면 자식뻘도 아니고 손자 손녀뻘로 한 다리를 더 건너야 한다. 그런 이들과 함께 일을 하기 위해서는 내가 먼저 변하지 않으면 안 된다. 내 생각이 맞다고 고집을 부릴 수도 있는 처지가 못 된다. 어린 직원들이 요즘 세상에 대해서는 나보다 훨씬 많은 것을 알고 있기 때문이다. 아무리 산전수전 다 겪은 경험 많은 노인이라도 이처럼 빠르게 변하는 세상을 살아나가려면 새롭게 배우고 알아야 할 것들이 많다. 그런 것들을 전해주는 것이 바로 젊은 그들이다. 그래서 나는 입을 열기 전에 귀부터 먼저 열기 위해 노력한다. 그러면 세대 차이가 불편한 마찰을 일으키는 경우가 줄어든다.

사람들은 나이의 벽 속에 스스로를 가두는 경향이 있다. 세대 간의 단절을 어쩔 수 없는 기정사실로 받아들이고 더 이상 노력하지 않는 것이다. 나에게 맞추라고 하면 당장 내 말을 들어주겠지만 그 순간부터 더 이상의 진정한 소통은 없다.

그러니 나이가 들면서 몸의 유연성이 떨어지는 것은 어쩔 수 없으나 마음의 유연성만은 지켜야 한다. 우리에게는 그만한 능력이 있다. 오래 살아온 만큼 적응력도 있고 지혜도 있다. 인간관계에 대한 대처 방법도 안다. 포용력도 있다. 이런 것들은 나이가 들수록 오히려 수치가 올라가는 능력들이다.

딱하게도 이게 안 되는 진짜 노인이 적지 않다. 나이가 들어서 참을성이 떨어진다는 건 변명이다. 참고 싶지 않은 것이지 참을성이 떨어진 게 아니다. 어차피 더불어 살아가야 하는 세상이다. 그러나 이런 마음의 유연성이 나이가 든다고 해서 저절로 생겨나는 건 아니다. 노력을 해야 한다. 다름을 인정하고 상대방의 입장에 서서 그들의 이야기를 가감 없이 들어주고 이해하려고 노력해야 한다. 우리가 한창 시절 살던 세상과 지금의 젊은이들이 사는 세상은 달라도 한참 다르기 때문이다. 그러니 우리가 가진 가치관이 무조건 맞다고 우길 수는 없는 일이다.

현역 시절 레지던트들을 지도할 때 엄청나게 짜증을 부렸더랬다. 워낙 성격이 급한 탓에 굼뜨게 움직이거나 답답한 짓을 하는 후배를 보면 험한 소리도 막 지르고 화도 냈다. 그런데 그것은 그 누구에게도 도움이 되는 짓이 아니다. 옛날에 부모나 스승은 매를 들어 그것이 '사랑의 매'라고 했다. 아끼는 마음에서 잘 되라는 바람으로 훈육을 하기 위한 방편이라는 것이다. 그러나 사람을 가르치는 일은 그렇게 해서 될 일이 아니다.

되돌아보니 그때의 나는 그저 인격적으로 수양이 덜 된 것뿐이었다. 배우려고 온 후배들에게 그저 "넌 그것도 모르냐."고 윽박지르고 짜증만 냈으니 무슨 말로도 변명이 되질 않는다.

가르침은 즉각적인 효과가 중요한 것이 아니다. 그러면 교육보다 감정에 더 치중을 하게 된다. 배우는 쪽도 감정이 상하고 가르치는 쪽도 야단을 치고 나서 하루 종일 기분이 좋을 리 없다. 이쪽저쪽 모두 손해나는 짓일 뿐이다. 나보다 나이도 어리고 경험이 부족한 이들이 미숙한 것은 당연한 것이다. 그러니 참을성을 가지고 여러 번 설명을 하다 보면 언젠가는 이해를 하는 날이 온다.

세로토닌 문화원과 선마을을 운영하다 보면 지금도 마음에 들지 않는 일이 종종 생긴다. 그래도 불쑥 짜증이 솟구치던 옛날에 비하면 참을성이 많이 단련이 된 편이다. 내가 보기에 말도 안 되는 철부지 같은 실수를 해도 직접적으로 지적하는 일이 없다. 항상 우회적으로 얘기를 해서 스스로 깨우치게끔 하는 쪽을 택한다. 그것은 상대를 위한 것이 아니라 나 자신을 위한 것이다.

동서양의 문화 차이를 보면 서양 사람들은 자기표현에 능숙하고 한국 사람들은 표현력이 부족해서 비언어적인 표현을 자주 한다. 한국 사람들은 감정을 말로 표현하기보다 문을 쾅 닫는다든가, 얼굴을 붉힌다든가 하는 방식으로 간접적으로 속내를 드러내는 반면 서양 사람들은 하고 싶은 말은 서슴없이 한다. 그러나 내가 경험한 서양 사람들의 자유로운 표현에는 제한이 있다. 최대한 상대방의 기분을 배려하는 어법이 그것이다.

미국에 있을 때 취업을 위해 서류를 들이밀었다 거절을 당한 적이 있는데 그때 보내온 답장이 참으로 구구절절이었다. 당신은 참으로 훌륭한 인재이나 올해 우리 회사가 결정한 운영 방향이 이렇기 때문에 당신의 특성과는 맞지가 않아 고용을 하지 못해 유감이다, 그러나 내년에 다시 한 번 응시해 달라, 라고 하며 친절하게 새 원서까지 보내주었다.

나이가 든다는 것은 나이가 이만큼 들었으니 이제는 내가 하고 싶은 대로 마음대로 해도 된다는 것이 아니다. 때로는 내가 느끼는 감정을 그대로 드러내는 것도 중요하지만 나이가 들수록 더욱 중요한 것은 남의 기분을 배려하며 나를 표현하는 세련된 화법이다. 그래서 오르락내리락하는 감정을 느긋하게 조절하며 연륜에 걸맞게 행동을 하는 것이야말로 나잇값이다.

지난 20여 년간 그래도 내가 인격적으로 많이 성숙한 것 같다. 예전처럼 신경질을 자주 내지도 않고 다른 이들과 다투는 일도 거의 없어졌다. 못난 짓도 수없이 많이 했지만 지금은 그래도 내 능력이 닿는 대로 다른 이들에게 베풀기도 하고 의미 있는 일을 하기 위해 노력도 한다. 직원들이 아무리 큰 실수를 해도 되도록 다 덮어주려고 노력한다. 실수는 누구든 할 수 있는 것이고 사람의 근본적인 선의를 믿기 때문이다.

내가 이런 사람이 될 수 있을 거라고는 한 번도 생각해본 적이 없다. 그래서 나는 제대로 나잇값을 해야 하는 숙제가 오히려 나이듦의 축복이라고 믿는다.

한창 더울 때 농사를 짓는 노인들은 저수지의 속물을 빼서 썼다. 바닥의 물은 한여름에도 얼음처럼 차갑기 때문에 열사병을 막는 데 유용하기 때문이다. 평생 농사일을 하며 쌓은 경험에서 나오는 지혜다. 그때는 이런 경험들이 사람들에게 많은 도움이 되었기에 연륜이 있는 노인들을 공경하지 않을 수가 없었다. 그런데 이제는 세상이 달라졌다.

과학 문명이 생활 전반을 지배하는 현대사회에서는 경험보다 새로운 지식을 얼마나 빨리 습득하느냐가 관건이다.

오늘 우리에게 유용했던 정보가 내일이면 쓸모없는 것이 되는 일이 허다할 정도로 세상이 변하는 속도가 엄청나게 빨라졌기 때문이다. 따라서 노인에게서 배울 만한 것들은 점점 사라지고 오히려 젊은이들에게 묻고 배워야 할 것들이 늘어났다. 노인의 경험이나 지혜가 더 이상 필요 없는 시대가 된 것이다.

그러나 노인의 연륜이 아주 쓸모없이 된 것은 아니다. 노인에게는 노인만이 가질 수 있는 노련한 안목과 완숙한 사고라는 것이 있다. 노인의 훈수는 잔소리처럼 들릴지언정 젊고 급한 혈기에 섣부른 판단을 하기 전에 다시 한 번 생각할 기회를 갖도록 제동을 거는 역할을 충분히 할 수 있다. 근거 없는 흰소리가 아니라 모두 경험에서 나오는 이야기이기 때문이다.

그런데 우리 사회는 유독 '젊은 피'를 중시하는 경향이 있다. 기존에 있던 낡은 무언가를 변화시키기 위해서는 그 어떤 조직과 문화를 막론하고 '젊은 피를 수혈'하는 것이 필요하다고 여기는 것이다.

물건이든 사람이든 구식이 조금이라도 덜 된 것을 선호하는 우리 사회에서 나이 지긋한 이들이 존경을 받기 위해서는 사회적인 나잇값을 해야 한다. 그리고 사회적인 나잇값을 한다는 것은 진정한 어른으로서의 면모를 갖춘다는 것이다. 어른은 어른답게 살아야 한다는 다짐을 다시 한 번 하게 된다.

진정한 어른이라는 것은 나이와 사회적 지위, 교육수준만으로 되는 것이 아니라 도덕성과 인격, 품위와 연륜 등 내면의 성숙을 포함한다.

키플링이 얘기한 진정한 어른이 되는 조건처럼 '너무 선한 체하지 않으며 너무 지혜로운 말들을 늘어놓지 않고', '군중과 이야기하면서도 자신의 덕을 지킬 수 있고 왕과 함께 걸으면서도 상식을 잃지 않으며', '모두가 도움을 청하되 그들로 하여금 너무 의존하지 않게 만들 때' 우리는 진정한 어른이 된다.

'나이'에 대한 존경심이 변하고 노인을 존경하지 않게 된 시대를 탓하기 전에 혹시 '존경할 만한 어른이 없는 시대'가 된 것은 아닌지 나부터 살펴야 한다.

스승에게 바치는 수업 |

—

　　　　　　　지난 달 선마을 '자연의학' 강의 시간. 강의실에 들어서자 뜨거운 박수가 함성과 함께 일었다. 대구 교육청에서 오신 교감 선생님들이었다. 강사가 고향 까마귀라 낯선 곳에서 상당히 반가웠던 모양이다.

　박수가 멎기를 기다리며 나는 순간 옛날 대구에서의 은사님 얼굴이 한 분 한 분 떠오르기 시작했다. 강의는 뒷전이고 난 지금의 벅찬 감회를 털어놓지 않으면 안 될 것 같았다.

　"선생님들을 뵈니 제가 경북 중학 시절 은사님 얼굴이 한 분씩 떠오릅니다. 철부지였던 나도 교수가 되어 강단에 서고 보니 당시 은사님들에 대한 감사의 염이 불현듯 일어나곤 합니다. 가르치는 입장에 서야 하는 인간상을 일깨워주신 은사님의 주옥같은 말씀이 떠오르기 시작합니다.”

　그중 특히 잊지 못할 은사님은 중1때부터 기하학을 가르치신 이길우 선생님이다. 선생님의 열정과 제자 사랑은 우리를 완전히 압도하곤 했다.

　그날 수업을 마치고 종례시간 담임 선생님을 기다리는데 뒷반에서 수업을 마친 기하 선생님이 불쑥 나타난다.

　“책 감기 들까 봐 책 보따리를 그렇게 얌전히 싸놓았냐? 맛있는 기하 문제 하나만 먹자.”

　그리고는 선생님 특유의 토막 강의가 시작된다. 책 보따리를 다시 풀어야 한다. 선생님이 교실에 들어서면 우리는 기하 첫 시간에 배운 공식부터 합창을 하게 되어 있다.

　“반지름이 R인 원의 둘레는 $2\pi r$이다. 삼각형 두 변의 합은 그 어느 것보다 길다…….”

　70년도 족히 지난 지금도 동기들이 모이면 이 합창을 한다. 어쩌다 운동장에서 선생님께 인사를 하노라면 “그래 서울 간 형은 공부 잘하지?”라고 물으셔서 아이들이 기절을 한다. 이름만이 아니다. 가정 사정까지 꿰뚫고 계신다.

　스승의 길, 사도가 어떠해야 하는가를 몸으로 가르치신

선생님이다. 은퇴 후, 서울 동기들이 작당을 해서 선생님 내외분을 초대했다. 우리가 사는 모습도 보여드리고 내외분을 제주도로 신혼여행을 보내겠다는 은밀한 작전이었다. 신라호텔에서 우리를 만난 선생님은 한 명 한 명 껴안으며 눈물을 글썽거리셨다.

"너희들이 학교를 떠난 후 행여 이 못난 선생으로 인해 너희 이름을 더럽힐까 봐 난 더욱 몸을 사렸다."

재직 시절 선생님은 단연 인기 강사였고 유혹도 많았다. 하지만 한평생 외길을 걸어오신 것이다. 우리는 밤늦게까지 지난 회포를 풀었다. 내외분께 좋은 옷도 지어드리고 계획대로 공항으로 모시고 갔다. 등을 떠밀려 탑승장으로 들어가신 선생님이 그제야 우리의 비밀 작전을 눈치채고 이렇게 말씀하셨다.

"우리 색시하고 제주도 여행은 이번이 처음이다. 늦게 신혼여행을 떠나게 되었으니 가슴이 설렌다."

신라호텔에서 리무진으로 영접, 3박 4일의 꿈같은 시간을 보내는 동안 선생님은 동기들 개개인에게 편지를 보내셨다.

"억천 년이 흐른다 해도 너희들의 따뜻한 정을 어찌 잊으랴."

귀갓길엔 대구 공항에서 대구 동기들이 영접을 맡았다. 기분이 어떠냐고 여쭈니 "우리 색시 애나 안 뺐는지 모르겠다."고 하셔서 공항이 시끌벅적하게 웃음이 터졌다. 그런 선생님이셨다.

그 해 국제회의를 주재하고 있는데 메모가 들어왔다. 병원에서 눈 수술을 위해 마취 중 선생님이 돌아가셨다는 전갈이었다. 하필 그 날이 은사의 날이었다. 내일 찾아뵐 계획은 무산된 채 우리는 사랑하는 선생님을 먼 나라로 보내지 않으면 안 되었다.

"고향 선생님, 제 이야기가 길어졌지만 이 수업을 은사 이길우 선생께 바치는 것으로 해주시면 감사하겠습니다."

선생님들은 뜨거운 박수로 화답해주었다. 강의가 끝나고 선생님 한 분이 눈물을 글썽이며 내 방을 찾아왔다.

"이 박사님, 내가 교사로서 평생 이렇게 감동적인 시간은 처음입니다. 내가 가르친 많은 제자 중에도 언젠가 나를 이렇게 기억하며 스승에게 바치는 수업을 해줄 수 있는 사람이 있을까, 다시 한 번 스승으로서 자세를 생각해보게 됩니다."

뉴 스쿨New School 프로젝트

—

　　자녀 교육에 관한 한 엄마가 가장 보수적이다. 세계는 지금 4차 산업혁명이 눈앞에서 벌어지고 있는데 엄마의 자녀 교육만은 19세기에 머물고 있는 느낌이다. 오직 공부, 공부 타령이다. 학교에선 낮잠, 학교가 끝나기 무섭게 이 학원, 저 학원으로 아이를 몰고 다닌다. 숨 쉴 틈이 없다. 오직 목표는 일류 대학. 재능, 적성, 장래희망 불문. 오직 갈 길은 하나, 일류 대학이다. 덕분에 우리 아이들의 국제 학업성취도는 핀란드 학생과 1, 2위를 다툰다. 한데 우리 아이들 공부시간은 두 배다.

　　교육 전문가인 학교 선생님들이 왜 이걸 모르랴. 소원대로 대학에 간들 3학년만 되면 취업 준비생으로 전락한다.

세계에 이런 대학은 없다.

지금 우리는 평균소득 3만 달러 고지에 턱걸이 하고 있는지가 한참이나 되었다. 다른 선진국에선 2만 달러 고지를 넘어서면 그 탄력으로 3만 고지를 훌쩍 뛰어넘는데.

난 언젠가 세계에서 우리 아이디어로 만든 오리지널이 무엇일까를 조사한 적이 있다. 이럴 수가! 한 개도 없었다. 남이 만들어놓은 걸 모방해서 그걸 우리의 기막힌 융통성으로 살짝 고친 다음 열심히 팔았다. 그게 한강의 기적을 만든 힘이었다. 하지만 모방엔 한계가 있다. 우린 남보다 먼저 시작했다는 것뿐이다. 앞으로 경쟁상대는 전 세계에서 나타난다. 중국은 다 따라왔고 베트남 메콩강에 한강의 기적이 일어나는 것도 멀지 않았다.

우리는 중진국의 선진국이다. 이대로는 더 발전하는 데 한계가 있다. 결론적으로 국가 100년 대계가 교육에 달려 있는데 이런 제도로는 안 된다는 것이다. 교육 전문가가 이걸 모를 리가 없다. 새로운 시도를 해보려 해도 엄마들 성화를 이겨낼 힘이 없다. 그래서 겨우 내놓은 게 자율학년제다. 중등, 고등 1 때 자기 적성, 진로를 시험해 볼 수 있는 제도를 만들었다. 그러나 원래의 취지대로 기능을 하고 있는 것 같지 않다.

지금 우리가 기획하고 있는 미래학교는 전체적이고 포괄적이다.

① 자연과 가까이! 숲속이나 해변에 학교를 세울 계획이다. 감성의 발달을 위해서다. 좌뇌의 지성적 논리 교육에 치중된 뇌를 우뇌의 감성적 뇌로 균형을 맞추자는 것이다.

② 지덕체智德體 중심의 교육에서 체덕지 교육으로! '영국의 힘은 Eaton High School의 운동장에서 나온다.'

③ 잘 뛰어노는 아이일수록 머리가 좋아진다. 이게 발달된 뇌 과학 결론이다.

④ 인생 100년, 건강 습관을 어릴 적부터 갖도록! 뇌 피로, 대사 증후군 예방 교육을 한다.

⑤ Farm Therapy : 건강 먹거리를 자기 손으로 재배, 식물의 성장을 보면서 성취의 보람을 느끼고 자연과 대화한다.

⑥ 건강 조리법을 익히고 건강 식단을 맛있게 제 손으로

조리해 먹는다.

⑦ 예절 교육! 50대 안팎의 한국의 부모세대는 70년대 전후 도시 이주 1세대라 예절 교육을 못 받은 세대이다.

⑧ 빼앗긴 상상력을 되돌려준다. 게임 중독 280만, 이건 질병이다. 빼앗긴 상상력을 되찾아 창의력 인재로 키운다. 여기에 한국의 미래가 달려 있다.

⑨ 글로벌 인재로! 영어는 기본, 중·일어도.

⑩ 혼자 아이는 단체생활을 함으로써 신의, 약속, 책임, 우정, 충성, 호연지기 인간의 덕목을 기른다.

⑪ 야생마 수련! 사랑, 행복, 쾌적 호르몬을 높인다 : 세로토닌 옥시토신 생활을 통해 왕따, 학교 폭력을 해소한다.

⑫ 자연 명상수련! 나를 찾기, 정체성, 자연관, 우주관을 기른다.

우리는 뉴 스쿨 프로젝트가 성공적으로 될 수 있도록 그간 여러 차례 뜻있는 인사들과 담론을 해왔다. 부지 마련에서 학교 설립, 교과 과정, 어느 하나 만만한 작업이 아니다.

그러나 이 취지에 공감하는 인사들이 속속 모여들고 있다는 데 큰 격려가 된다. 그만큼 한국 사회, 한국 교육에 문제가 많다는 반응이다. 이젠 공적인 교육제도에 한계가 있다는 걸 우리 모두가 공감하고 있다. 늦게나마 고맙다.

기대지도 말고
기대하지도 말고 |

—

본의 아니게 우리 세대가 100세 시대를 살아가는 1번 타자가 되고 말았다. 해방 무렵만 해도 평균수명이 쉰 안팎이어서 환갑을 맞으면 거한 잔치를 열고 '복 받은 노인'이라고 칭송했다. 그러나 지금 환갑을 넘긴 이들은 어떤가. 얼마나 팔팔하고 젊은지 도대체 '노인'이라고 부르기도 민망한 지경이다. 이렇게 연령으로 분류되는 노인 인구는 해마다 증가 추세에 있는데 정작 이 계층에 대한 연구는 제대로 되어 있는 것이 거의 없다. 노인들의 문화와 노인들이 무엇을 필요로 하는지에 대해 구체적인 수요를 조사해본 적이 없는 것이다. 100세 시대를 처음 겪어보는 탓이기도 하다.

지금까지도 우리 사회에서 노인들을 대하는 자세의 근본

은 '효'이다. 옛날에는 음식을 남기면 나중에 지옥에 가서 벌을 받는다고 해서 배가 불러도 끝까지 다 먹어야만 했었다. 그런데 이제는 먹을 만큼만 먹고 남은 음식은 과감하게 버린다. 억지로 먹어봐야 배탈이 나거나 뱃살이 될 뿐이기 때문이다. 이처럼 시대가 바뀌고 라이프 스타일이 변했으니 '효'에 대한 사람들의 인식 또한 달라질 수밖에 없다.

한 지붕 아래 삼대가 같이 사는 집이 드물어진 요즘, 아직도 '어른을 잘 모시는 것'이 '수족처럼 움직이며 어른을 편안하게 지내게 하는 것'이라고 생각하는 경향이 있다. 그러나 부모님이 건강하게 오래 사는 걸 바랄수록 자꾸 움직이게 만들어야 한다. 나이든 사람에게 이것 해 달라, 저것 해 달라, 라고 하는 것이 불편하다는 생각부터 버리자. 잔심부름을 부탁해서 밖으로 나다니게 만들고, 집 안에서도 가만히 앉아 있기보다 부엌으로 방으로 부지런히 오가도록 만들어야 한다.

주차장에 차를 세울 때에도 노인을 위한다면 되도록 화장실에서 먼 곳을 택하는 것이 좋다. 어른을 잘 모신다고 고속도로 휴게실이나 백화점에서 건물 바로 앞에 노인을 먼저 내려주는 것은 오히려 불효다. 노인들의 건강에는 조금이라도 더 걷는 것이 도움이 된다. 그래야 차 안에 앉은 자세로 오래 있었던 다리에 피가 돌면서 부기가 빠진다. 차에 오래 앉아 있으면 발이 부어 신발이 들어가지 않는다. 혈류가 정체되어 피에 덩어리가 생긴 것이다. 의학적으로 심부정맥 혈전증이라고 해서 대단히 위험한 상태다. 핏덩어리가 뇌나 심장으로 가는 혈관을 막으면 사람이 즉사를 할 수도 있고 심장병, 뇌질환 등 심각한 문제를 일으킨다. 주차를 멀리 해서 얼마를 걷게 해야 혈전이 풀린다.

시대가 달라졌으니 옛날식의 무조건적인 '공경'의 방법도 달라져야 한다. 연장자에 대해 경애의 감정을 갖는 효의 기본적인 마음과 태도는 아름다운 것이니, 그대로 계승하더라도 더 이상 노인들을 얇은 유리그릇처럼 모시고 다니지는 말자. 사람은 몸이 지나치게 편하면 병이 생기기 때문이다. 이것이 바로 100세 시대의 진정한 '효'이다.

전통적인 '효'에 대한 생각을 달리 해야 할 것은 젊은 사람들뿐만 아니라 나이든 사람들도 마찬가지다. 늙어서 '효'를 기대하면 돌아오는 건 자칫 '서러움'뿐이다. 자식들에 대해 불평하는 노인들의 이야기를 들어보면 '내가 너를 어떻게 키웠는데……', '내가 너한테 여태 어떻게 해줬는데……' 하는 생각들이 바탕에 깔려 있다. 그러면서 나를 소홀히 하는 자식들을 원망하게 되는 것이다. 그러나 그렇게 서러워해봤자 그 서러움을 제대로 알아주는 이는 없다. 나만 손해다. 이제는 '효'에 대한 생각을 바꾸어야 하는 시대가 온 것이다.

'효'는 늙은 뒤에 다 큰 자식들에게서 받는 것이 아니라 자식들을 키우는 사이 이미 다 받은 것이다. 아이가 한창 말을 배울 때쯤 혀 짧은 소리로 엄마아빠를 부르며 하루종일 종알거리고, 걸음마를 배운 뒤 서툰 걸음을 걷다가 엉덩방아를 찧고, 엉뚱한 장난으로 온 가족을 웃기는 천하의 귀염둥이 노릇을 하지 않았던가. 온 가족이 둘러 앉아 손뼉을 치며 얼마나 행복했던가. 그게 효가 아니면 뭐란 말인가. 그때 아이들은 이미 평생 할 효도를 다했다. 자라면서 부모에게 주는 기쁨과 행복으로 자식들을 키우느라 고생한 부모의 노고를 다 갚은 것이다. 그리고 나중에 장성한 자식들이 부모에게 남다른 정성을 쏟는다면 그것은 부모가 그때까지 준 것을 되돌려받는 것이니 당연한 것이 아니라 행운의 '덤'인 셈이다.

　나이가 들수록 주변의 도움이 더욱 필요하게 되는 것이 사실이지만 그럴수록 주변 사람들에게 무언가를 기대하는 마음은 덜어내야 한다. 친구에 대한 기대, 자식과 배우자에 대한 기대를 줄여야 한다. 너는 내 친구니까 너는 내 아들이니까 나를 이렇게 대접을 해줘야 해, 라고 하는 틀을 만들어 놓고 그 틀에 맞지 않는 행동을 하면 화를 낸다. 기대란 충족이 되지 않으면 실망이 되고, 실망은 결국 미움이 되어 인간관계를 망치게 된다.

　여기에서 더 나아가 사회에 대한 기대마저도 미련 없이 줄여야 한다. 일본 나고야에 갔을 때 노인의 전철 요금을 15%를 깎아준다며 엄청나게 생색을 내는 것을 봤다. 그런데 나이 기준이 85세 이상이었다. 그에 비하면 '젊은이들'이라고 불러도 좋을 만한 이들을 위해 우리는 복잡한 전철의 한 귀퉁이를 온전히 내어주고 있다. 그런데도 한국 노인은 그보다 더한 것을 받기를 기대한다. 설움을 타지 않으려면 이렇게 마음속에 은근히 자리 잡은 기대의 틀을 다 내다버려야 한다.

그런데 나이를 먹을수록 오히려 그 틀을 더욱 견고하게 만들어가는 이들이 있다. 몸도 예전 같지 않고 자꾸 늙어간다는 조바심에 내가 공들인 만큼 이제 돌려받을 자격이 있다는 보상심리까지 더해진 결과다. 나이가 들어 성을 잘 내고 다툼이 잦아지는 것은 바로 이런 이유에서다. 그러나 그것은 불행을 자초하는 일일 뿐이다.

일본의 노인들은 가족이나 친구들에게 늙고 병 들어서 추한 모습을 보여주느니 깨끗이 죽겠다며 자살을 택한다. 그러나 한국의 노인들은 서러워서 죽는다. 서러운 노인이 되지 않기 위해서는 내가 변하는 수밖에 없다. 나이가 들었으니 이제 누군가에게 기대겠다는 마음도, 기대하는 마음도 갖지 말고 정신적으로든 육체적으로든 경제적으로든 언제나 내 두 발로 혼자 설 각오를 해야 한다.

노수 老愁

―

      서울에서 그리 멀지 않은 도봉산 밑에 작은 여관이 하나 있다. 숲에 둘러싸여 있고 공기도 맑지만 집이 워낙 낡고 오래되어서 사람들이 잘 찾지 않는 곳이다. 그렇지만 방 안에는 책상이 준비되어 있고, 숙박비도 싸고, 골목 끝집이라 사방이 조용하고, 북한산을 배경으로 큼직한 창도 나 있어 나는 마음에 꼭 들었다. 혼자 책상 앞에 앉아서 창문을 열어놓고 있으면 나뭇가지가 방 안으로 들어올 만큼 우거진 숲의 경치가 그만이다. 요즈음은 허브나라, 선마을이 내 서재가 되어 잘 가지 않지만 한때 시간이 날 때마다 즐겨 찾곤 했었다.

      사람에게는 군집심리가 있어 집단을 쫓아가려는 본능이

있지만 혼자 있고 싶을 때도 있다. 이렇게 혼자 있는 것이 오히려 훨씬 더 창조적이고 의미 있는 시간을 가질 수 있다. 글을 쓰거나 세미나 강연 준비, 그림을 그리려면 내게는 혼자 있는 시간이 절대적으로 필요하다. 이런 시간을 고독력이라 부른다. 고독할 수 있는 힘이다. 영어로는 Solitude라고 해서 소녀들의 감상적인 고독감, Loneliness와는 차원이 다르다. 혼자의 시간을 즐기고 이 시간을 깊은 사색에 빠지거나 창조적인 일을 하는 데 쓴다면 이 얼마나 생산적인가?

성공적인 인생이 목표라면 고독력을 길러야 하는 게 필수다. 이보다 큰 생산적이고 창조적인 힘은 없다.

난 옛날에는 워낙 활동적이고 사람 만나기를 좋아했는데 글을 쓰기 시작하면서 성격이 많이 바뀌었다. 혼자 조용히 생각하는 시간을 즐기게 된 것이다.

누군가는 나이가 들면서 혼자 있는 시간이 늘어나 쓸쓸하다고 한다. 가을 '추秋' 밑에 마음 '심心'자를 붙이면 시름을 뜻하는 '수愁'라는 한자가 된다. 낙엽이 지는 가을이 되면 누구나 스산한 기분이 들게 마련이다. 그래서 나는 나이가 들어 외로움을 타는 심리를 '노수老愁'라고 부른다. 노인이 되어 공허하고 쓸쓸한 기분이 드는 것이 마치 혼자 지새우는 가을 달밤 같기 때문이다. 그러나 이런 마음이 드는 것은 지극히 자연스러운 현상이다. 그것을 고독하다, 외롭다, 쓸쓸하다 등 부정적인 방향으로 몰고 가는 것은 끝없이 빨려 들어가는 우울의 늪 속으로 걸어가는 것이나 마찬가지다. 대신 지금까지 얽매여 있던 직장과 가족에서 조금 벗어나 나 혼자만의 시간을 즐겨볼 기회가 왔다, 드디어 나만의 시간을 가질 자유가 왔다고 만세를 부르는 편이 낫다. 세상의 모든 일에는 양면이 존재하고 어느 쪽을 보는가에 따라 인생이 달라지게 된다.

젊은 시절에는 사는 것이 바빠 쓸쓸함이나 외로움 따위를 느낄 겨를이 없었다. 그런 것들은 내게 사치스러운 감정이었다. 결국 차분히 나의 삶을 들여다볼 시간이 없었다는 얘기다. 누구에게나 청춘은 고민도 많고 생각도 많은 시기이긴 하지만 그것은 어떻게 하면 좀 더 위로 올라갈 수 있을까에 대한 것이지 과연 내가 나다운 충실한 삶을 살고 있는지, 내가 내 삶의 주인으로 살아가고 있는지에 대한 것은 아니다. 그런 의미에서 극작가 버나드 쇼가 '젊음은 젊은이에게 주기는 너무 아깝다'고 했던 말에 고개가 끄덕거려진다. 그 젊음이 모두 사라지고 난 다음 비로소 우리에게 혼자만의 시간이 생기게 된다. 내가 온전히 나를 바라보고 생각할 수 있는 시간이다. 그러니 이것은 '노수'가 아니라 축복이라 불러야 마땅하다.

주위에 이야기를 나눌 사람이 있으면 대화의 대상은 늘 '다른 사람'이 된다. 그런데 혼자라면 내가 말을 걸 사람은 나 자신뿐이다. 다시 말해서 내가 어떤 사람인지를 알고, 내가 어떻게 살고 있고 있는지를 알려면 자신에게 그런 질문들을 할 수 있는 혼자 있는 시간이 가장 적당하다.

그래서 나는 가끔 한밤중에 홀로 잠이 깨는 바람에 어쩔 수 없이 밤을 지새야 하거나 혼자 차를 타고 가며 차창 밖을 물끄러미 바라보고 있을 때, 혹은 혼자 한적한 여행지에서 시간을 보낼 때 나 자신과 긴 대화를 나눈다. 올바르게 나이가 든다는 건 그런 것이다. 그 시간을 그저 고독한 감정놀이에 허투루 쓰지 않고 생각하고 또 생각하며 깊은 사유에 빠지는 것이다. 그래서 진짜 내가 누군지, 어떤 사람인지 알게 되는 것은 안타깝게도 나이가 든 다음이다.

뇌가 아니라
감정이 먼저 늙는다 |

—

　늙음은 나이를 얼마나 먹었는지에 따라 결정되는 것이 아니다. 얼마나 팔팔한 체력이 남아 있는지, 혹은 몸이 얼마나 늙었는지에 따라 결정되는 것도 아니다.

　늙음이 시작되는 곳은 바로 전두엽이다. 이곳은 뇌 중에서도 기억력과 사고력을 담당하는 부위로 인간의 지성과 감정, 판단과 자기성찰, 계획, 문제 해결 등 인간이 인간일 수 있는 가장 고차원적인 기능을 수행한다. 말하자면 뇌 속 특수부대의 '사령관'과도 같은 역할이다.

　나이가 들면 몸이 늙는 것처럼 뇌도 늙는다. 당연히 전두엽도 세월과 함께 기능이 쇠퇴한다는 얘기다. 그러나 이 기능이 없다고 해서 당장 불편한 점이 생기는 것은 아니다. 전두엽은 '단순 기능'보다는 인간의 고등 지성과 감성, '창조'에 관여하는 부위이다. 전두엽의 기능이 떨어진다는 것은 새로운 생각을 하는 것이 귀찮아지고, 호기심이나 모험심이 줄어들고, 변화를 갈구하지 않게 되는 것을 의미한다.

나이가 들면서 몸도 예전 같지 않지만 감정도 예전 같지 않다는 사람들이 있다. 슬픈 영화를 봐도 그렇게 절절한 마음이 들지 않고, 아름다운 것을 봐도 감동이 잘 와닿지 않고, 새로운 음식에 도전하기 귀찮아 단골집에서 늘 먹던 음식만 먹고, 남의 말을 귀담아 들어주는 일도 귀찮아진다. 이는 전두엽의 노화가 시작되었다는 경고 신호이다. 감정이 노화하면 의욕이 사라지고, 이를 계속해서 방치하면 몸의 노화에도 가속도가 붙게 된다.

섬세한 신경회로로 이루어진 전두엽은 뇌의 여러 부위 중에서도 가장 천천히 시간을 들여 발달하지만 어떻게 관리하느냐에 따라 가장 빨리 시들어버릴 수도 있고, 또는 가장 늦게까지 왕성하게 활동을 할 수도 있다. 전두엽을 잘 관리하는 방법은 최대한 많이 쓰는 것이다. 전두엽은 쓰면 쓸수록 닳는 것이 아니라 더 좋아진다. 반대로 안 쓰면 안 쓸수록 더 나빠진다는 얘기다. 70대가 되면 뇌의 다른 부위는 6% 정도 위축이 되지만 전두엽은 최악의 경우 30% 가까이 급격하게 줄어들 수 있다.

전두엽에 가장 좋은 것은 신선한 자극이다. 새로운 것을 배우거나 가벼운 스릴을 느낄 수 있는 활동, 이전에 전혀 생각해보지 않았던 의외의 것에 도전하는 것은 모두 전두엽에 가장 좋은 성장호르몬을 주입하는 일이다. 낯선 문제에 부딪치면 전두엽은 끊임없이 해결책을 찾기 위해 고민하고 노력하게 되는데 이보다 더 창조적인 활동은 없기 때문이다.

'창조'라고 하면 하늘 아래 없는 무언가를 만들어내는 거창한 작업이라고 생각하기 쉽지만 실상 창조는 우리의 일상이다. 식구들을 위해 오늘 저녁은 무슨 요리를 할지 생각하는 어머니의 고민도 창조이고, 원고 하나를 쓰기 위해 자료를 찾아보고 전문가들에게 자문을 구하러 다니는 나의 고민도 창조이다. 머리를 쥐어짜야 할 때는 괴롭지만 그렇게 하나의 문제를 잘 해결하고 나면 가슴이 뿌듯해지는 자부심으로 그동안의 고생 따위는 한 방에 날아간다. 전두엽에게 필요한 것은 이러한 자극들이다.

일상생활 속에서 전두엽을 관리하는 방법은 그리 어렵지 않다. 좋은 책을 가까이 하고 세상 돌아가는 일에 대해 끊임없이 관심과 호기심을 가져야 한다. 매일같이 무언가를 읽고 쓰고 계산하는 일만으로도 충분히 전두엽을 자극할 수 있다. 가끔씩 작은 '모험'을 즐기는 것도 전두엽 관리에 효과적이다.

그래서 나는 지하철을 타고 가다가 이름 모르는 낯선 역에 무작정 내릴 때가 있다. 내가 그렇게 오랜 세월 동안 살아온 도시인데 평생 한 번도 가보지 않은 동네가 얼마나 많은지 놀라게 된다. 처음 보는 동네 이름과 거리의 풍경에 깜짝 놀라고, 이리저리 정처 없이 사람 구경 골목 구경을 하며 걷다 보면 마치 먼 나라 여행을 온 것 같은 기분이 들곤 한다.

광화문에서 출발하는 서울 시내 투어버스를 타본 적도 있다. 한 시간 반 정도 서울의 곳곳을 돌아다니며 구경을 하는 것인데 안내원의 설명에 귀를 기울이다 보면 서울에 이런 곳도 있었나 싶어서 깜짝 놀라기도 한다. 전두엽은 이렇게 새롭고 신기하고 놀라운 것들을 좋아한다. 그런 것들로 전두엽을 자극하면 할수록 전두엽은 활성화된다. 이게 젊음과 건강의 비결이다.

　아름다운 것을 감상하는 일도 전두엽에 더없이 좋다. 이를 위해 굳이 어딘가를 찾아갈 필요는 없다. 우리의 일상 속에 아름다운 것들이 지천이다. 타는 듯이 물들어가는 저녁 노을은 어느 하루 같은 것이 없고 바라보고 있기만 해도 황홀하다. 동이 트는 새벽 하늘도 햇살에 물이 들기는 마찬가지이나 그 색이 다르다. 지는 해가 마지막을 장식하는 화려한 적빛이라면 뜨는 해는 청신한 장밋빛이다. 노을은 찬란하고 여명은 설렌다. 감동을 받을 준비가 되어 있는 이에게 비로소 세상의 아름다운 것들이 보이는 법이다. 그런 아름다움을 발견하는 일도 전두엽의 시계를 거꾸로 되돌리는 훌륭한 방법이다.

　세상은 넓다. 여든여섯 해를 살았어도 내가 아는 세상은 그 세상에 앉은 먼지 한 톨만큼일 뿐, 아직 내가 모르는 무한한 것들이 저 밖에 존재한다. 그러니 낯선 길을 가는 것을 두려워하지 말고, 낯선 일에 부딪치는 것을 주저하지 말고, 낯선 것을 해보는 일을 멈추지 말라. 지속적인 자극으로 전두엽을 지키지 않으면 나이든 몸뚱어리처럼 감정에도 빠르게 깊은 밭고랑 같은 주름살이 파이고 만다. 재미없는 노인이 되는 것이다. 그러니 나이를 먹었다고 뒷짐을 진 채로 세상사쯤은 이미 다 꿰고 있다는 듯한 표정으로 점잔을 뺄 것이 아니라 여전히 두근거리는 소년의 눈으로 세상을 볼 일이다.

올바르게 나이가 든다는 것은 그런 것이다.
시간을 그저 고독한 감정놀이에 허투루 쓰지 않고
생각하고 또 생각하며 깊은 사유에 빠지는 것이다.
그래서 진짜 내가 누군지, 어떤 사람인지 알게 되는 것은
안타깝게도 나이가 든 다음이다.

책을 읽는 습관 |

　　누가 나에게 가장 기억에 남는 책 한 권을 꼽으라면 선뜻 꼽기가 힘들다. 평생에 읽은 책들 중에 좋았던 책들은 수도 없이 많았다. 그런데 그중에서도 아주 오랫동안 내게 큰 위로가 되었던 책을 고르라면 유명한 정신의학자인 빅터 프랭클의『죽음의 수용소에서』가 가장 먼저 떠오른다.『죽음의 수용소에서』는 제목 그대로 2차 대전 당시 나치 수용소에서 있었던 일들에 대한 이야기다. 그리고 무엇보다 이 책을 사실적으로 만들어주는 것은 저자가 실제로 포로수용소에서 겪은 일들이기 때문이다.

　　그는 수용소 안에서 아버지와 아내, 아이들까지 모두 잃고 홀로 남았지만 삶의 끈을 놓지 않고 살아남기 위해 치열

하게 노력했다. 생존에 대한 그의 뜨거운 열망은 그 무엇으로도 꺾을 수가 없었다. 그 극한의 포로수용소에서 끝까지 살아남은 사람들은 체력이 강하거나 의지가 강하거나 나이가 젊은 사람이 아니었다. 어떻게 해서든 살아야 한다고 끊임없이 스스로 '삶의 의미'를 찾았던 이들이었다.

내가 처음 이 책을 읽었던 것은 전쟁 때였다. 한국전쟁 당시 삶의 터전이 모두 폐허가 되고 어느 것 하나 온전한 것이 없는 희망을 잃은 세상에서 나는 이 책을 읽으며 그래도 내 상황이 나치 포로수용소보다는 낫다는 생각을 하게 됐다. 생존을 위한 저자의 처절한 몸부림은 엄청난 감동과 함께 나의 절망을 상쇄하는 위로를 안겨주었던 것이다. 저자는 인간이 가진 최고의 자유는 바로 '선택할 수 있는 자유'라고 했다. 그저 숨만 쉬면서 존재하는 것이 아니라 주어진 상황에 굴복할지 맞서 싸울지를 선택하고, 그 다음에 어떤 행동을 할지를 결정하며 살아가는 존재라는 것이다. 삶의 질을 결정하는 것은 이런 선택들이지만 어떠한 상황에서도 앞으로 나아가는 '도전'을 선택하기 위해서는 반드시 목표가 있어야 한다고도 했다. '왜'가 분명하기만 하다면 인간은 그 어떤 것도 견뎌낼 수 있다. 그러니 나는 왜 사는 거냐고 신이나 철학자에게 자신의 삶의 의미의 답을 구하지 말고 스스로 삶의 의미를 부여하라고 당부했다.

그때 받았던 마음의 격려가 너무나 컸기에 그 후 오랜 세월이 지나 그 책이 폐간이 되었다는 소식을 들었을 때 안타까운 마음에 내가 직접 나서서 번역을 다시 하고 출간을 하기도 했다. 내가 젊었을 때 받았던 그 감동을 다음 세대들도 느끼도록 해주고 싶었기 때문이었다. 요즘도 나는 자신의 삶이 너무나 힘들고 아무런 출구도 없다고 느끼는 젊은이들을 만나면 이 책을 한 번 읽어보라고 권해주기도 한다.

그리고 사람들에게 꼭 권하고 싶은 다른 한 가지는 젊었을 때 읽고 감동을 받은 책을 나이가 들어서 다시 한 번 읽어보라는 것이다. 나 역시 얼마 전에 모파상의『여자의 일생』이라는 책을 다시 읽고 깜짝 놀란 적이 있다. 전에 분명히 읽은 적이 있는 책인데 마치 처음 읽는 것처럼 느껴졌기 때문이다. 내가 알던 그 주인공이 아니었고 내가 알던 줄거리도 아니었다. 분명 같은 책이건만 젊은 마음에 던진 파문과 나이가 들고 나서 느낀 감동은 마치 서로 다른 두 사람의 것인

것마냥 확연하게 달랐다.

원래 독서란 작가의 사상이나 철학에 공감하며 그 흐름을 따라가는 것이다. 그런데 젊었을 때의 사고의 깊이와 나이가 들고 나서의 사고의 깊이가 같을 수 없다. 책을 읽고 나서의 감상도 다른 것이 당연하다. 그러니 책을 한 번 읽었다고 다 읽은 것이라고 생각해서는 안 된다. 한 번 읽고 난 뒤 좋았던 책들은 책장에 꽂아놓고 간직해야 한다. 그리고 오랜 시간이 흐른 뒤에 꼭 다시 한 번 펼쳐보라. 그때는 눈에 보이지 않던 것들을 새롭게 발견할 수도 있고, 혹은 완전히 다른 책을 읽게 될 수도 있다.

은퇴하고 할 일이 없다고 소파에 앉아서 텔레비전만 온종일 들여다본다면 진짜 노인이 되어가고 있는 것이다. 영상은 즉각적인 정보를 주고 몰입도가 높지만 그만큼 다른 생각을 할 여지가 없다. 그 대신 책은 연속적으로 끝없이 변화하며 경계가 모호한 아날로그 사고를 대표한다. 인간을 인간답게 만들어주는 감성이 바로 아날로그다.

디지털은 빠르지만 아날로그는 느리다. 디지털은 딱 떨어지는 숫자로 빠르게 답이 나오지만 아날로그는 시간과 정성을 들여 받아들이고 생각해야 한다. 그러다 답이 나오지 않을 때도 있다. 디지털은 '대량'이 가능하지만 사적인 경험이 중요한 아날로그는 '대량'이 불가능하다.

그래서 책이 중요한 것이다. 그리고 책 중에서도 전자책보다는 촉감을 느끼며 읽다가 마음에 든 부분에 밑줄도 그을 수 있고 문득 떠오른 생각이나 감상들을 한 귀퉁이에 적어놓을 수도 있는 종이책이 좋다.

책은 우리의 뇌를 깨어 있게 하고 일을 하도록 만든다. 생각을 하도록 하는 것이다. 나이가 들어서 읽는 책은 치매 예방을 위한 보약과도 같다. 나이가 든다는 건 정말 괴롭고 힘든 일이지만 그래도 한편으로는 책 읽기처럼 나이듦에 대한 보상도 있다. 나이가 들어서 읽는 책은 그 깊이가 달라지기 때문이다. 그리고 젊었을 때보다는 좀 더 천천히 시간을 들여 읽을 수도 있다. 그러니 나이가 들수록 책을 가까이 해야 한다. 책은 우리 뇌의 지성, 감성 모두를 자극하고 활성화시키기 때문에 뇌 운동에도 좋지만 혼자 있는 시간이 늘어나는 우리에게 가장 좋은 벗이자 늙고 연약해진 육신이 할 수 없는 새로운 세계로의 모험을 할 수 있게 만들어주는 길잡이이다.

자전기 自傳記를 쓰자 |

—

　나는 사람들에게 자전기 自傳記를 써보라
고 잘 권한다. 특히 은퇴 후 자유 시간이 많은 분들에게. 쓰
는 습관만 길러도 노후가 화려해진다.

　"뭘 써? 쓸 게 있어야지. 생각이 나다가도 붓만 들면 싹 사
라지는 걸. 테마가 있어야 쓰지. 무슨 뚜렷한 동기나 계기가
있어야 쓰지. 머릿속에 든 게 있어야지. 확실한 목적이 있어
야지……."

　내가 쓰기를 권하면 사람들 입에서 기다렸다는 듯이 나
오는 항변들이다. 일단 문방구나 서점에 가서 필기도구부터
사라. 좀 비싼 걸로 사라. 펜으로, 제 손으로 쓰는 게 좋다.
만년필은 몽블랑, 파버카스텔을 권한다. 제법 비싸다. 그러

나 당신의 화려한 노년을 위해 투자할 만한 가치가 있다. 공책은 몰스킨으로 사라. 역시 비싸다. 다시 말하지만 그래야 할 가치가 있다. 비싼 돈을 들여 사놓았으니 그냥 놀리기가 아까워서라도 쓰게 되어있기 때문이다.

"오늘은 날씨가 좋다. 어제는 우산 없이 홀딱 비를 맞았다. 오랜만에 그 기분도 괜찮던데. 마누라한테 잔소리를 듣긴 했지만……."

이것은 계기가 있어야 쓰지, 라는 사람에게 드리는 이야기다. 그리고 쓸 게 있어야 쓰지, 하는 사람들도 많지만 실은 반대다. 일단 쓰기 시작하면 쓸 일이 생각난다. 줄줄이 나온다. 쓴다는 작업에 (무엇을 쓰든 당신이 생각하기에 낙서라도 좋다.) 뇌의 광범위한 회로가 작동한다. 무엇보다 뇌 여러 부위에 산재된 기억 회로가 작동한다. 많은 기억의 단편들이 최고 사령부 전두전야에 모여든다. 그러면 작업 뇌 Working Memory가 작동하면서 절로 펜을 움직이게 만든다. 무엇이든 떠오르는 대로 쓴다.

쓰는 일이 없었다면 온갖 기억들은 고스란히 무의식 속에 잠들어 있었을 것이다. 쓴다는 작업은 무의식의 샘물을 퍼

올리는 일과 같다. 테마가 있어 쓰는 게 아니다. 쓰기 때문에 테마가 떠오른다. 무슨 테마든 좋다. 펜을 든 순간 떠오르는 생각을 써보라. 오랜만에 붓을 드니 학교 때 시험을 보던 생각이 난다. 공부 안 하고 땡땡이치던 생각도 난다. 미성년자 관람불가 영화를 보고 낄낄거리던 일…… 꼬리에 꼬리를 물고 기억들이 일어난다. 정신 분석에선 이를 '자유 연상Free Association'이라고 부른다. 이렇게 떠오르는 대로 써내려가는 걸 나는 '프리 라이팅Free Writing'이라 부르고 있다.

이와 같이 쓴다는 행위는 자기 무의식에 다가서는 일이다. 거기엔 온갖 자료들이 가득 차 있다. 세상에 얼굴을 내밀기를 기다리고 있다. 당신이 펜을 드는 순간 기다렸다는 듯이 줄줄이 솟아오른다. 온갖 일들이 낙엽처럼 쌓여 삭고 숙성되어 내 인생에 거름이 되고 있다. 자전自傳을 쓰자는 것도 무의식 속에 비장된 모든 이야기가 모두 자기의 경험에서 나오는 일이기 때문이다. 떠오르는 대로 말도 안 되는 이야기를 쓴다 해도 그게 모두 내 자신의 이야기들이다. 지금의 나는 과거에 있었던 일들의 축적이다. 이를 글로 써놓으면 자기 인생에 역사 의식이 생긴다. 굳이 자전이란 의식을 하지 않고 써도 절로 자전이 된다.

떠오르는 대로 쓰는 자유로운 이야기에 완벽이란 있을 수 없다. 수려한 문장일 수도 없다. 사람들은 이 완벽주의의 덫에 쉽게 걸려든다. 기왕 쓸 바엔 잘 써야지, 그 생각에 빠지면 한 줄도 못 쓴다. 쓴다는 건 미완성이다. 잘 쓰려고 하는 순간 흘러나오던 생각들이 꽉 막혀 나오질 못한다.

누구나 젊은 날은 시인이 된다. 달 밝은 가을 밤, 문득 시상이 떠오른다. 한데 붓을 든 순간 시상은 사라진다. 왜냐? 시인처럼 수려한 시를 쓰려는 욕심이 절로 떠오른 시상을 꽉 틀어막아버리기 때문이다. 잘 쓸 생각 마라. 책상에 앉아라. 그냥 붓을 들고 공책을 펼쳐라. 그러면 절로 글이 나온다. "그게 무슨 글이냐?" 이것만은 금물. 비평을 하면 안 된다. 그 순간 흘러나오던 자유 연상은 뚝 끊어진다. 그냥 나오는 대로 써라.

많은 생각이 떠오를 것이다. 즐거웠던 일, 좋아하는 일, 생각만으로 가슴 설레는 일, 신나 펄펄 뛰던 일…… 좋은 기억들을 골라 써보라. 써내려가다 보면 리스트가 만들어진다. 그리곤 훑어보라. 그 속에 자기가 보인다. 내가 어떻게 살아왔는지, 사는 의미가 무엇인지, 어떤 사람인지…… 자신의 모습이 떠오른다. 앞으로 하고 싶은 목표를 써보는 것도 좋고 벽에 붙여놓는 것도 좋다. 생각만으로도 설레는 일, 흥분되는 일을 써 붙여라.

우리 뇌는 똑똑한 것 같지만 바보 같은 구석도 많다. 무엇보다 생각과 현실을 구별하지 못한다. 꿈이나 이상을 마치 현실처럼 착각하는 게 뇌다.

내가 아름다운 꿈을 꾸는 순간 뇌는 그게 사실인 양 착각하고 기분 좋은 도파민을 분비한다. 쓰다 보면 아주 그 속에 빠져든다. 시간의 흐름도 잊고 몰입하게 된다. 이런 심리 상태를 플로우Flow라 부르는데 이런 순간 우리 뇌는 만사를 잊게 된다.

지금, 이 순간에 온전히 집중한 상태가 곧 힐링이다. 이런 지적 자극, 지적 쾌감이 젊음과 건강의 비결이요 치매 예방의 지름길이다.

경로사상이
노인의 고독을 만든다 |

—

나이가 들면서 고독을 느끼는 순간이 늘어난다. 서구사회보다 노인의 고독이 한국사회에서 더욱 큰 문제가 되는 것은 우리 고유의 경로사상도 한몫을 한다는 게 내 생각이다. 노인을 존중하고 공경하는 전통문화가 오히려 노인의 고독을 부채질하고 있는 것이다.

예전에는 집안의 제일 큰 어르신을 위해 집 안에서 가장 조용한 방을 내어드리고, 아이들에게는 그 방 주변에서 뛰어다니며 큰 소리를 내지 못하도록 단속을 했다. 그리고 밥상도 따로 차렸다. 행여 어른과 밥상머리에 마주 앉게 되더라도 소리 없이 얌전히 식사를 마쳐야 했다. 지금까지도 노인들과 함께 술 대작을 할라치면 고개를 돌려 마셔야 하고 맞담배는 예의가 아니니 아무리 추운 날이라도 밖에 나가서 담배를 피우고 들어와야 한다. 이러한 경로사상이 과연 진정으로 노인을 위한 일일까?

챙겨야 할 예의가 많은 까다로운 상대와 마음 놓고 즐거운 시간을 보내기는 어렵다. 잠시 즐거운 척을 할 수는 있어도 그 사람과 지속적으로 만나고 싶은 생각이 진심으로 우러나오지는 않는다. 실수를 할까 조바심을 내느니 아예 피하는 게 상책인 것이다. 그러니 나이든 사람들과 어울리려는 젊은이들이 드문 것을 그들 탓만 할 일은 아니다. 나이에 대한 대접을 받고 싶어 하는 노인들의 책임도 크다. 일방적으로 한쪽이 존중을 받는 관계가 아니라 상생相生을 부르짖는 시대답게 오래된 경로사상도 수술이 필요하다.

노인들에게 혼날 이야기를 하나 하자. 일단 지하철의 경로석부터 없애자. 흔들리는 지하철 속에서 몸에 힘을 주고 가만히 서 있기만 해도 균형감각 훈련이 되고 뼈를 튼튼하게 만드는 좋은 운동이 된다. 노인에게 뼈 건강만큼 중요한 것은 없다. 하루 종일 지치도록 움직일 일이 없는 노인들이 지하철에서나마 서서 가는 것은 건강과 균형 운동에 더없이 좋은 시간이다.

노인들도 젊은이들에게 자리를 양보 받을 것이라는 기대를 버려야 한다. 그들이라고 하루 종일 일하느라 피곤해 죽겠는데 앉아서 가고 싶지 않을 리가 없다. 그러니 자리를 양보해준다면 반드시 '고맙다'고 인사를 해야 할 일이고 설령 못 본 척하더라도 젊은이를 탓할 일은 아니다. 자리 양보는 선택의 문제이지 의무가 아니라고 나는 생각한다.

언젠가 시내버스에서 학생에게 자리를 권하는 노신사를 본 적이 있다. 무거운 가방을 메고 땀을 흘리며 올라탄 여학생에게 "이리 앉아. 난 온종일 앉아 쉬다온 걸, 네가 편히 앉아 쉬어야 공부도 잘할 것 아니냐."라고 하며 사양하는 학생을 굳이 끌어다 앉히는 것이었다. 얼른 보기에 정년퇴직을 한 교장 선생님 같은 인상이었다. 어른답게 사는 법을 몸으로 가르친 분이다.

전통적인 경로사상 때문에 당연하게 생각하는 것들은 이제 더 이상 당연하지 않다. '이미 평생을 그렇게 살아왔는데 다 늙어서 생각을 바꾸는 게 쉽겠느냐'고 한다면 그건 진짜로 늙었다는 증거이다. 나이가 많으니까 무조건 우대를 받고 배려를 받아야 한다는 생각이 세대 간의 심리적 간극을 점점 벌어지게 만들고, 결과적으로 노인들은 점점 더 외톨이가 되어갈 뿐이다. 물론 경로사상의 아름다운 정신은 계승되어야 한다. 다만 형식은 세월 따라 바뀌어가야 한다는 것이다.

그간 한국에도 실버타운들이 우후죽순처럼 많이도 생겨났다. 이런 실버타운의 대부분은 경치 좋고 공기 맑고 한적한 곳에 들어서 있다. 노인들은 사람이 많고 시끄러운 곳보다는 조용한 곳을 선호한다고 생각하기 때문이다. 또한 그편이 노인 건강에도 좋다고 생각한다. 일견 맞는 얘기처럼 들리기도 한다.

그런데 왜 그 많은 시설 중 크게 성공한 사례가 아직까지 없는 것일까? 그렇지 않아도 고독한데 하루 종일 들리는 거라곤 새소리와 물소리뿐이고 그저 평화롭고 조용하기만 한 환경은 노인의 고립감을 더욱 부추길 뿐이기 때문이다.

우리나라 노인들은 자극 결핍증에 시달리고 있다. '결핍'이란 꼭 있어야 할 것이 모자란 것이다. 사람에게는 누구나 조용한 혼자만의 시간을 보내고자 하는 욕구가 있고 그런 시간이 필요하다. 그러나 동시에 정신건강과 뇌의 건강을 유지하기 위해서는 적당한 사회적 자극도 필수적이다.

그래서 나이가 들었을 때 가장 이상적인 주거환경은 왁자지껄한 시장과 아이들의 재잘대는 목소리가 들리는 학교가 가까이 있고, 온갖 식당과 가게들이 늘어선 거리와 조용한 공원이 함께 공존하는 곳이다. 대중교통을 자주, 그리고 쉽게 이용할 수 있어야 하니 너무 한적한 시골은 적합하지 않다. 쇼핑도 하고, 영화도 보러 다니고, 친구들도 만나고, 북적거리는 거리를 오가며 사람 구경도 하고, 한편으로는 조용히 산책도 할 수 있어야 한다.

평소에 전원생활에 관심이 없던 이가 남들 따라 도심 외곽으로 이사를 가거나 귀농을 했다가 한두 해 사이에 다시 시내로 이사를 오는 경우를 종종 본다. 평생을 바쁘게 도심을 누비며 살던 사람이 나이가 들었다고 갑자기 인적이 뜸한 한적한 곳에서 사는데 쉽게 적응이 될 리가 없다.

무한의 우주 속에 내가 존재한다는 것을 깨닫게 해주는 것은 이 순간에 내가 보고 듣고 느끼는 것들이다. 그래서 우리는 끊임없이 이 사회 속에서 그 일부로서 살아가는 끈을 놓아서는 안 된다. 그러니 환영받는 사회의 구성원으로 남기 위해서라도 우리는 더불어 사는 법을 다시 배워야 한다. 경로사상을 부르짖으며 붙들고 늘어질 게 아니라 이제는 노인들이 먼저 나서서 세대 간의 벽을 허물고 젊은이들을 배려할 때다.

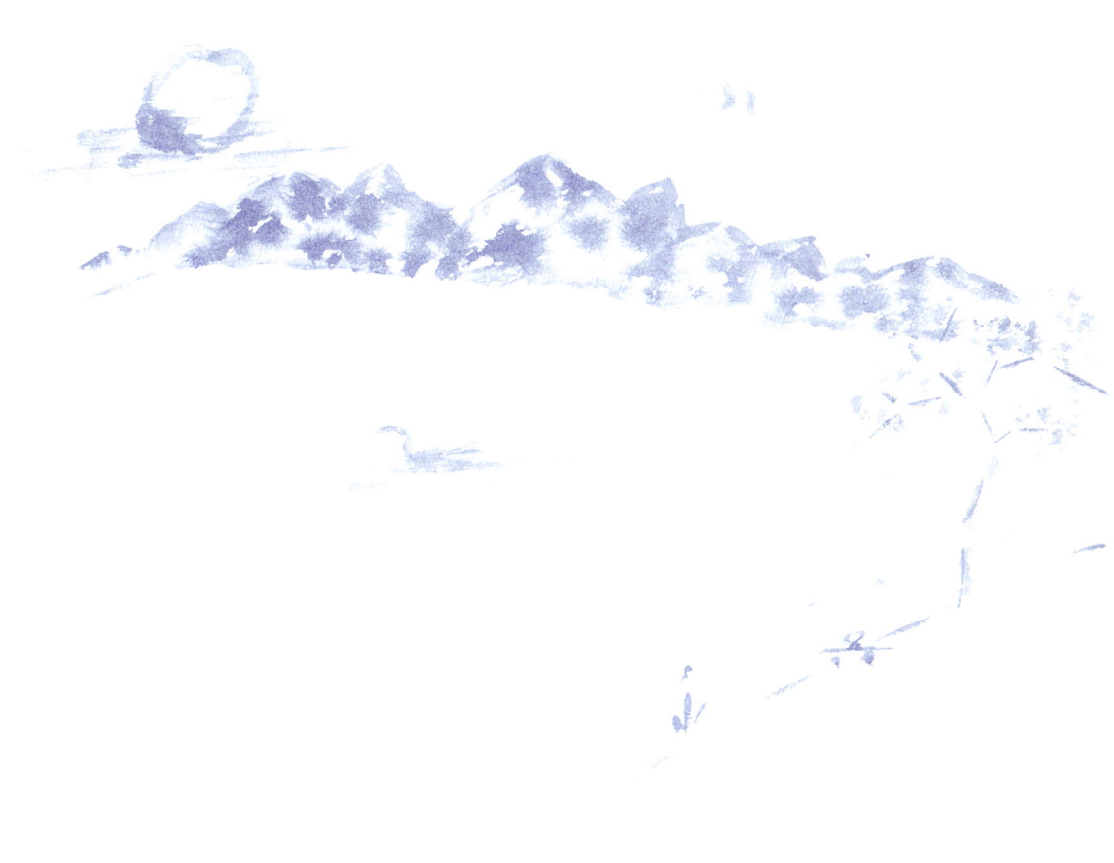

감동을 받을 준비가 되어 있는 이에게 비로소
세상의 아름다운 것들이 보이는 법이다.
그러한 아름다움을 발견하는 일도
전두엽의 시계를 거꾸로 되돌리는 훌륭한 방법이다.

인간관계가 좁아지는 것이 아니라
깊어지는 것이다 |

—

　　　　　나이가 들면 인간관계가 '좁아진다'고 한다. 한창 현역으로 뛸 때에는 아침저녁으로 온갖 회의에 모임에 회사 출장으로 사람들을 만나고 다니는 게 일이었다. 그러다 말이 잘 통한다 싶으면 따로 만나서 차라도 한 잔 마시다가 친구가 되는 소소한 즐거움도 있었다.

　그러나 은퇴를 하고 나면 그뿐이다. 어느 순간부턴가 나보다 앞서 세상을 등진 지인들이 생겨나기 시작하면서 주위 사람들의 숫자까지 눈에 띄게 줄어든다. 세상 만물이 발디딜 틈 없이 북적이며 생기를 뽐는 여름이 물러가면 빈 가을이 깊어가듯, 세월이 갈수록 인간관계가 줄어들면서 삶이 고요하고 쓸쓸해지는 건 자연의 이치처럼 자연스러운 현상이자 어쩔 수 없는 현실이다. 그러나 눈에 보이는 것이 다가 아니다.

여름보다 가을이 풍요로운 것은 수확의 계절이기 때문이다. 곡식을 거두고 난 벌판도, 마른 잎들을 떨구고 난 나뭇가지들도 텅 비어 보이지만 실은 번잡스러운 것들이 모두 사라지고 난 뒤 대지도 나무도 비로소 안으로 깊어지고 있는 것이다. 그래서 가을을 지나 겨울을 버티어내고 나면 새로운 생명들을 품을 수 있게 된다.

사람도 마찬가지다. 나이를 먹었다고 절로 완성형 인간이 되는 것이 아니다. 마음이 깊어질 시간이 필요하다. 그러니 은퇴를 하면서 만나는 사람이 줄어든다고 걱정할 필요가 없다. 마음이 성숙할 여유를 얻게 되었으니 오히려 나이가 들면서 얻는 좋은 점 중 하나이다.

그런데 지금까지도 현역의 자리를 유지하고 있는 나는 여전히 너무 바쁘게 산다. 요즘 내가 크게 반성하고 있는 점이다. 일 때문에 이름도 일일이 다 기억하지 못할 정도로 수많은 사람들을 만나고, 벌인 일들을 수습하느라 하루의 스케줄 표를 몇 토막으로 나눠야 할 정도로 시간이 없다. 책을 쓰기 위해서는 틈틈이 자료도 읽어야 하는데 도무지 정신이 없고 산만하기 이를 데 없다. 한마디로 말해서 깊이가 없는 가벼운 사람이 되고 마는 것이다. 조용히 사색에 잠길 여유가 없는데 어찌 생각의 깊이를 기대할 수가 있겠는가.

그뿐만이 아니다. 비즈니스 관계로 사람을 만나다 보면 싫은 사람도 웃는 얼굴로 만나야 하고 부담스러운 사람이라도 챙겨야 한다. 이것은 사회생활을 하는 사람이라면 어쩔 수 없는 일이다. 그런데 은퇴를 하고 나면 만나기 싫은 사람은 억지로 만나지 않아도 될 권리가 생긴다. 은퇴의 축복으로 선택을 할 자유를 얻게 되는 것이다. 그 선택권 역시 내가 아직까지 누리지 못하는 부러운 것 중 하나이다.

사람인 이상 다른 사람에 대해 좋고 싫은 인간적인 감정이 드는 건 어쩔 수 없다. 그런데 싫은 사람이라고 내칠 수 없는 것이 나의 처지다. 그래서 괴로울 때가 있다. 만일 내게도 마음대로 할 수 있는 자유가 주어진다면 나도 인간관계를 말끔하게 정리하고 싶다. 기분 좋은 사람, 같이 시간을 보내면 마음이 편안한 사람들만 만나고 싶다. 그러자면 내가 만날 수 있는 사람의 숫자가 한참 적어지게 될 것이다.

그렇게 나의 삶이 다소 한적해졌으면 좋겠다. 혼자만의 사색을 즐기며 가끔 몇몇의 사람들과 충실하고 밀도 있는 시간을 같이 보낼 수 있다면 나의 인간관계는 좁아진 것이 아니라 깊어져가고 있는 것이기 때문이다.

언제 찾아올지 모르는 이별 |

—

      미국에서 예일대 입학을 준비할 당시 나는 주립병원 구석에 방 하나를 얻어 식객 같은 생활을 하고 있었다. 일을 한다고 해봐야 야간 당직을 대신 서주고 넘치는 병원 일들을 이것저것 도와주는 아르바이트생 같은 역할이었다. 의과대학 제도의 차이로 필수과목을 이수하고 학점을 채우느라 주립대에서 한 학기를 더 공부해야 했다. 우여곡절 끝에 마침내 예일대 합격통지서를 받게 되자 천하를 얻은 것처럼 기뻤다. 그러나 주위에 누구 하나 알아주는 사람, 축하한다고 인사를 건네는 사람이 없었다.

    그날 밤 나는 방에서 합격통지서를 앞에 펼쳐놓고 혼자 만세를 부르다가 밖에 나가 맥주를 한 잔 마셨다. 누군가 내 인생에 가장 쓸쓸했던 때가 언제였느냐고 물어보면 나는 그 순간이 가장 먼저 떠오른다. 한국에 있었더라면 가족이나 친구들을 모아놓고 떠들썩하게 저녁이라도 같이 먹었을 테지만 한국 유학생조차 드문 시절에는 기쁨을 함께할 사람이 없었다.

기쁜 감정을 나눌 이가 없는 것만큼 쓸쓸한 것이 없다. 어떤 이들은 혼자 보는 영화, 혼자 가는 여행이 더 좋다지만 그것은 그 순간의 경험을 혼자 간직하느냐, 아니면 여럿이 공유하느냐의 문제다. 일상적으로 다른 이와 감정을 함께 나눈다는 것은 나의 감정에 공감해주는 누군가를 갖는다는 것이다. 기쁨은 함께 나누면 배가 되고 슬픔은 나누면 반이 된다고 한다. 슬픔은 누군가와 공유하는 과정에서 그의 배려와 공감으로 치유에 도움을 받기 때문이다. 주위에 그런 사람들로 하여금 인생이 따뜻하고 풍요로워진다. 그러나 이렇게 소중하고 고마운 사람들이 영원히 내 곁에 머물러주지는 않는다.

꽃이 1년 365일 변함없이 화사하게 피어 있다면 꽃이 피는 일이 더 이상 경이롭지 않을 것이다. 꽃잎이 떨어졌다고 해서 아쉬운 마음이 들지도 않을 것이다. 사람도 마찬가지. 감정을 공유할 수 있는 인연을 만나는 것은 신의 확률이지만 이별 역시 만나는 그 순간부터 시작된다. 그 끝이 어디쯤이 될지 아무도 모르지만 이별은 반드시 온다. 하루하루 우리는 그렇게 예정되어 있는 이별에 가까워지고 있다. 그러니 함께 있는 매 순간이 기적이다. 아끼는 사람을 더욱 아껴주고 사랑하는 사람을 더욱 사랑하며 살아야 한다.

언제든 이별을 할 수도 있다고 생각하는 것보다 이별을 할 일이 절대로 없다고 생각하는 것이 오히려 인간관계에 문제를 일으킨다. 헤어질 일이 없으니 서로가 소중한 줄을 모르고 내가 받는 크고 작은 사랑과 관심을 당연한 것으로 여기게 된다. 공기처럼 내 곁에 있는 것이 너무나 자연스러운 사람들도 언젠가는 나를 떠난다. 그리고 내가 그들을 떠날 수도 있다. 그러니 그날이 오기 전에 나의 사랑을 아낌없이 전하고, 그들이 내게 주는 사랑에 아낌없이 감사해야 한다.

예전에는 사람들끼리 한 번 만나면 함께 있는 시간이 긴 편이었다. 그런데 요즘은 만나야 하는 사람들이 워낙 많다 보니 시간을 쪼개가며 만나고 집에서 식구들과 함께 진득한 시간을 보내는 것도 쉽지 않다. 현대인들의 삶이 바쁘고 다양해질수록 사람과 사람 간의 직접적인 만남의 횟수는 줄어들고 시간은 짧아지다 보니 사소한 오해도 많이 생긴다. 그래서 우리 사회가 점점 표현을 권장하는 쪽으로 바뀌고 있는지 모른다.

나이든 이들 중에 남이 자신의 행동을 꼬집거나 충고를 하면 "나는 평생 이렇게 살았다."고 대답하는 사람들이 더러 있다. 오랜 세월 동안 굳어진 행동 양식은 그것의 옳고 그름을 떠나 당위적인 것으로 자리를 잡는다. 그래서 가끔씩 감정을 표현하고 싶다는 생각이 들어도 굳이 말로 표현하는 일에 익숙하지 않기에 접어두게 되는 것이다. 그리고 나이가 들면서 점점 감정을 표현하는 데 인색해지는 것도 있다. 그것은 말라가는 피부처럼 감정까지 메말라가는 탓에 그런 것이 아니다. 나이가 들면서 자신이 평상시에 하는 행동과 남들이 하는 행동에 너무나 익숙해져서 그런 것이다. 새로운 친구를 처음 사귀었을 때는 전화도 자주하고 온갖 성의를 다하지만 시간이 흘러 새로운 친구가 오래된 친구로 바뀔 때쯤이면 상대가 이제는 나에게 관심이 없어졌나 하는 생각이 들 정도로 무심해지고 애정을 표현하는 일이 확연하게 줄어드는 것과 마찬가지다. 당연 심리의 함정에 빠져든 것이다.

이 모든 변화들은 이별을 마음에 두고 살지 않기에 생기는 일이다. 내 주위에 있는 사람들과 당장 내일 이별을 해야 할지도 모른다고 생각하면 당연히 내 마음을 전하고 싶을 것이다. 그들이 생각하는 것처럼 내가 무심한 사람은 아니라는 것을 알려주고 싶을 것이다. 그래서 우리가 함께 살아 있는 오늘, 그들을 얼마나 아끼고 귀하게 여기는지 마음껏 표현을 해야 한다.

나이가 들수록 감정을 표현하는 데 인색해질 것이 아니라 더욱 후해져야 한다. 그것은 그들을 위함만이 아니라 하루하루 가까이 다가오는 이별 앞에 끝내 내가 후회하지 않기 위함이다.

늙지 않는 호기심 |

—

　　의사라는 직업이 사회적으로 선망을 받는 일이기는 하지만 실제로 그 안을 들여다보면 의사만큼 폐쇄적이고 시야가 좁은 이들도 없다. 자신의 세 평 남짓한 진료실 안에 하루 종일 틀어박혀 있어야 하고 그 안에서는 그들이 왕으로 군림하기 때문이다. 진료를 받으러 온 환자는 제아무리 대통령이라고 해도 의사가 옷을 걷으라고 하면 걷어야 한다. 그러나 나는 사회정신의학을 선택한 덕에 외부와의 소통과 접촉이 일의 일부가 되었다. 환자들과 원활하게 이야기를 나누려면 대중적으로 인기 있는 영화나 드라마도 챙겨봐야 한다. 환자가 와서 "그 드라마에 나오는 맏며느리가 딱 저 같아요."라고 하는데 그 드라마가 뭔지 모른다면 얘기가 한참 길어지기 때문이다. 그러니 공감대를 형성하기 위해서라도 시류에 밝아야 하는 것이다. 그 덕분에 평생 다양한 경험들을 하며 살았다. 감성과 지성을 모두 가동해야 하는 이런 일들이 오랜 세월 동안 나의 정신과 뇌를 젊게 지켜준 비결 중 하나였을 것이다.

어릴 적에는 만날 눈만 뜨면 해가 질 때까지 뛰어다니는 동네라도 신기하고 재미있는 것들로 넘쳐났다. 그런데 나이가 들수록 틀에 박힌 삶으로 인해 매너리즘에 빠지고 모든 것들이 시들해진다. 더 이상 재미있는 것도 없고, 호기심이 느껴지는 것도 없다. 새로울 것이 없는 것이다. 이것은 환경에 변화가 없기 때문이다. 크건 작건 지속적으로 새로운 변화를 공급해주지 않으면 뇌는 빠른 속도로 늙어간다. 뇌는 새로운 것을 좋아하기 때문이다.

변화를 주는 가장 손쉬운 방법은 여행이다. 여행은 새로운 것을 만나는 일이기 때문이다. 낯선 사람과 낯선 문화를 경험하는 것은 뇌에 신선한 자극을 준다. 그리고 거기에서 느끼는 흥분과 설렘, 스릴과 같은 자극들이 뇌의 기능을 활성화시켜준다. 그래서 나이가 들수록 여행이 갖는 의미가 크다. 여가를 즐기는 차원에서뿐만 아니라 뇌 건강에 있어서도 매우 중요한 역할을 하는 것이다.

그런데 한창때에는 먹고사느라 바빠서 여행은 늘 뒷전이기 쉽다. 그렇게 '조금 더 여유가 있을 때'를 기다리다 보면 어느새 조금만 걸어다녀도 다리가 후들거리는 나이가 되어버리고, 그때는 너무 늦다. 여행이란 모름지기 새로운 것을 보면 가슴이 떨릴 때, 그때 해야 한다. 다리가 떨리는 나이가 되면 맨 먼저 눈에 들어오는 건 나를 감동시킬 새로운 것이 아니라 잠시라도 엉덩이를 걸칠 의자밖에 안 보이기 때문이다.

가만히 따져보니 나는 그동안 세계 36개국을 돌아다녔다. 일 때문에 갔던 곳도 있고, 학회 때문에 갔다가 근방을 여행한 곳도 있다. 그중 가장 기억에 남는 곳이라면 단연 아프리카다. 끝없이 펼쳐진 평원과 온갖 이국적인 동물들이 낯설고 신기하기도 했지만 무엇보다도 그곳에 사는 마사이족이 내 관심을 끌었다. 마사이족은 비만이나 당뇨병, 고혈압이나 암과 같은 생활습관에서 오는 병이 세계에서 제일 적은 종족이다. 의사라는 직업상 호기심이 생기지 않을 수가 없었다. 그래서 나는 그들을 연구하고 싶은 마음에 그 먼 아프리카를 두 번이나 갔다.

호기심은 인간의 행동에 동기를 부여하는 가장 큰 동력이다. 그리고 대표적인 통괄성 지능이기도 하다.

호기심이 사라진다는 것은 내 머리에 노화현상이 본격적으로 진행되고 있다는 증거이다. 그렇다면 호기심을 어떻게 사수할 수 있을까. 일단 호기심을 유지하는 가장 좋은 방법은 세상에 대한 관심을 유지하는 것이다.

뉴스도 신문도 보지 않고 세상 돌아가는 일에 호기심의 끈을 놓고 나면 뇌도 생기를 잃어간다. 그중에서도 가장 먼저 늙는 것이 감성이다. 감성이 퇴화할수록 사람은 늙는 것이다. 그래서 나는 사람들에게 좋은 다큐멘터리를 보기를 권한다. 감동적인 다큐멘터리를 보면 감수성도 높아지고 새로운 것에 대한 호기심도 생겨난다. 그리고 이 호기심은 그와 연관된 것에 또 다른 호기심을 불러오는 연쇄반응을 일으킨다.

은퇴를 한다는 것은 생계를 위한 사회활동에서 한 발 물러서는 것이다. 그러나 인간이 사회적인 존재라는 것에는 죽는 그 순간까지도 변함이 없다. 그런데 은퇴를 하고 나서 세상 돌아가는 일에 더 이상 관심이 없다는 사람들이 많다. 이미 날개가 꺾인 처지에 관심을 가져본들 할 수 있는 일도 없고 할 만한 능력도 되지 않는다는 자포자기의 마음에서다. 그러면 시간이 흘러가는 대로, 살아지는 대로 살 뿐이다.

나이가 들수록 세상사에 더욱 관심을 가지려고 노력해야 한다. 나이가 들었다고, 은퇴를 했다고 사회생활에서 완전히 손을 뗀다면 그것은 스스로를 완전히 한물 간 사람으로 취급하는 셈이다. 내가 이 사회에 필요한 존재라는 생각을 갖는 것은 인간의 본질과 직결되는 중요한 문제다. 사회가 나를 필요로 하지 않는다는 판단의 기준이 되는 것은 사회가 나의 쓸모를 그렇게 결정해서가 아니라 내가 스스로에게 선고를 내려서이다.

중년의 가장이 더 이상 가족이 나를 필요로 하지 않는다며 쓸쓸해하는 것은 진짜로 가족이 가장에게 등을 돌려서가 아니다. 어느새 다 커버린 아이들과 가족들 사이에 벽을 느끼면서 스스로가 초라하게 느껴지기 때문이다. 그러니 나의 처지를 슬퍼하거나 불평하기 전에 알고자 하는 호기심을 먼저 가져야 한다.

나는 호기심에 있어서만큼은 어느 누구도 부럽지가 않다. 사실 너무 많아서 탈이다. 세로토닌 문화원의 젊은 직원들도 호기심에서만큼은 나를 따라오지 못한다. 가만히 앉아 있으면 머릿속 여기저기에서 온갖 아이디어들이 툭툭 튀어나온다. 모두 호기심에 출발해서 가지를 친 것들이다.

나이를 이만큼 먹고도 나는 좀 더 오래 살고 싶다는 생각을 한다. 사는 게 너무 신나고 재미있어서 더 살고 싶다는 게 아니다. 그보다는 호기심 때문이다. 도대체 이 세상이 10년 후에는 어떻게 변할까? 그동안 어떤 일들이 일어날까? 내가 작은 불씨를 지피기 시작한 이 운동들이 그때쯤이면 어떤 식으로 퍼져나가고 있을까? 사람들은 내가 강조하던 신념들을 어떤 식으로 받아들였을까? 궁금한 것이 한두 가지가 아니기 때문이다. 호기심이 발동하면 그것을 채우기 위해 뇌가 늙을 수가 없다.

나는 2차 세계대전과 한국전쟁을 차례로 겪었다. 끔찍한 가난과 극단적인 사상의 대립, 민주화투쟁과 급격한 산업화의 빛과 그림자를 모두 지켜본 근대사의 증인이다.

표면적으로 보면 그리 길지 않은 시간 동안 세상이 급격히 변한 듯하지만 다른 한편으로 보면 그다지 크게 달라진 것도 없는 것 같다. 사람 사는 일이란 것이 그때나 지금이나 매한가지이기 때문이다. 우리는 매일 비슷한 일상을 반복하고, 비슷한 걱정을 반복한다. 잘 살고 잘 죽는 일이 고민인 것도 같다. 그런데도 내가 10년 뒤의 세상이 보고 싶은 것은 내가 지금 하고 있는 일이 미래에 어떤 작은 변화라도 가져올 수 있을지가 궁금해서다.

세로토닌 문화원과 선마을을 운영하는 일은 녹록치 않다. 우리는 이 사업을 온 세계 인류를 위해 펼치고자 큰 그림을 그리고 있다. 게다가 요즈음 새로 시작한 블루 존Blue Zone 운동은 정말 벅찬 일이다. 엄청난 시간과 노력을 기울이지 않으면 안 된다. 허리도 아프고 눈도 아프고 귀도 시원찮은데 참고 하는 것이다.

내가 세상을 바꿀 수는 없지만 사람들의 삶이 좀 더 나은 방향으로 나아갈 수 있도록 힘이 닿는 데까지 노력한다면 결국 세상이 바뀌는 일을 조금이라도 거들 수 있지 않을까, 하는 것이 나의 믿음이다.

한 시대를 온몸으로 살아내며 많은 것을 보고 겪은 세대에게 세상에 보탬이 되는 일을 하는 것은 도덕적 책임이자 의무이다. 이를 위해 내가 무엇을 할 수 있는지 알고 싶다면 우선 세상에 관심을 기울여야 한다. 그러면 앞으로 어떤 일들이 일어나게 될지 자연스레 예측이 가능해지고 내가 할 일을 찾을 수도 있을 것이다. 그래서 나이가 들수록 젊은이들보다 내 주변에, 이 사회에, 그리고 이 세상에 무슨 일들이 일어나고 있는지 알기 위해 더 많은 노력을 기울여야 한다. 호기심은 우리의 뇌를 늙지 않도록 지켜줄 뿐만 아니라 노후의 삶의 의미를 찾게 해줄 중요한 열쇠가 될 수 있기 때문이다.

비교하지 말기　　|

―

　　젊었을 때는 부러운 사람들이 많았다. 스포츠 중계를 보다 보면 멋진 경기를 펼치며 환호와 박수를 받는 운동선수들이 부러웠다. 사람의 마음을 움직이는 연설을 하는 이를 보면 그 매혹적인 말솜씨가 부러웠다. 이런 부러운 마음은 건전한 것이다. 누군가를 닮고 싶다는 열망은 도전의식과 목표를 심어주고 이끌어준다. 나는 아무리 발버둥을 쳐도 결코 저 사람처럼 될 수가 없다고 미리 결론을 내려버리면 그것은 건강한 마음을 좀먹는 열등감이 된다. 그러나 저 사람처럼 되도록 최선을 다해 노력을 해봐야지, 라고 도전의식을 불태운다면 그것은 결과적으로 나의 최종 도착 지점이 어디가 되건간에 나의 삶을 움직이는 힘이 된다.

내가 미국에서 인턴으로 일하며 예일대를 가고 싶다고
했을 때 주위에서 아무도 내가 진짜로 갈 수 있을 것이라고
생각하지 않았다. 영어도 잘 못하는 대구 촌놈, 미국인들은
한국의 어디에 붙어 있는지도 잘 모르는 경북대 출신의 내
가 수재들만 간다는 예일대를 가겠다고 했으니 하룻강아지
범 무서운 줄 모르고 날뛰는 소리로 들렸을 것이다. 당시 나
의 룸메이트도 내 걱정을 하며 혹시 모르니 좀 쉬운 곳을 찾
아 복수지원을 하라는 충고를 건넸다. 다른 사람들은 내 앞
에서 대놓고 무시하는 소리를 하지는 않았지만 그 룸메이트
는 한참 동안 나랑은 말도 섞으려고 하지 않았다. 믿거나 말
거나 수준의 배짱 좋은 소리만 늘어놓는 허풍쟁이거나 약간
정신이 이상한 놈이라고 생각을 했었던 듯하다. 그러나 그
과정이 나에게는 역으로 엄청난 성장의 계기가 되어주었다.
보란 듯이 예일대에 들어가는 모습을 보여주기 위해 평소보
다 더 피나는 노력을 하게 만들었기 때문이다.

그때 나는 미국이라는 낯선 환경에 잔뜩 주눅이 들어 있
었다. 가뜩이나 인종차별이 극에 달했던 시대였고 미국 교
회들마다 한국의 전쟁 고아들을 위한 모금 포스터를 문에다

가 크게 붙여놓곤 했다. 나도 미국의 백인으로 태어났더라면 얼마나 좋았을까 하는 생각을 하지 않을 수가 없었다. 만일 그때 내가 기가 죽은 나머지 '내 수준에 감히 무슨 예일대야, 어림도 없는 소리지.'라고 스스로 선을 긋고 포기했다면 그때도 하늘의 별 따기였던 예일대에 결코 들어가지 못했을 것이다.

딱하게도 어렵게 들어간 예일대에서의 내 전문의 수업은 순탄치 못했다. 당시 정신과 수업은 정신분석이 주류였는데 예일대는 아주 일색이었다. 시간당 200~500달러씩 내고 몇 년간 정신분석을 받을 사람이 한국에 과연 몇이나 있을까. 난 이 점을 주임교수에게 솔직히 말씀드렸다.

"그렇구나. 그럼 네가 공부하고 싶은 분야를 어느 대학 어느 교수에게서 가르침을 받고 싶은지 연구를 해봐."

이게 내겐 큰 행운이었다. 사회정신의학 뇌 과학을 공부하게 된 것도 주임교수의 배려 덕분이었다. 말씀드리기 어렵고 죄송스러웠다. 하지만 그 작은 용기가 내게 새로운 돌파구를 열어준 것이다.

남을 부러워하는 것이 그저 질투로 끝나는 것이 아니라

그 부러운 점을 닮아가기 위해 스스로 무한한 노력을 기울인다면 긍정적인 효과를 가져올 수 있다. 이를 위해 필요한 전제조건은 스스로 자신의 한계를 정해놓지 말아야 한다는 것이다. 남의 부러운 점을 자신은 결코 넘지 못할 선으로 예단해버리고 나면 더 이상의 가능성은 없다. 이것은 나이가 들어서도 마찬가지다. 누군가가 부럽다는 생각이 드는 것은 인간의 본능과도 같은 것이기에 막을 수가 없다. 그런데 나는 이미 절대로 저렇게 될 수 없으니 실패한 사람, 혹은 쓸모없는 사람이라고 생각하는 것은 별개의 문제다.

나이가 들어서 갑자기 위축되고 열등감에 빠져 허우적대며 우울증을 겪는 사람들을 많이 보는데, 그것은 자신의 삶의 중심이 자기 자신이라는 사실을 잊은 때문이다. 나이가 들고 삶의 경험이 늘수록 자기 자신을 상대평가가 아니라 절대평가를 할 수 있어야 한다.

상대평가의 기준인 '상대' 중에는 나보다 나은 사람이 꼭 있다. 그래서 상대평가를 하면 나는 어떠한 경우에도 '남보다 못한 사람'이 될 수밖에 없는 것이다. 내가 이만한 사회적 위치에 이만한 것을 가졌으니 나는 딱 이만한 사람이라고 생각하고, 저 사람은 저렇게 살고 나는 이렇게 살고 있으니 나는 저 사람보다 못한 사람이라고 씁쓸해하는 것은 남을 기준으로 나를 평가하기 때문이다.

부러운 마음은 어쩔 수 없으되 '나는 나다'라는 자기 정체성이 분명해야 한다. 우리는 서로 다른 삶을 살아왔을 뿐이다. 저들은 저들의 삶을 살았고 나는 나의 삶을 살았을 뿐이니 다른 사람이 나를 어떻게 보는지가 아니라 내가 나 자신의 가치와 존재감을 결정할 수 있어야 한다. 그것이 지금껏 열심히 살아온 나의 삶과 나 자신에 대한 예의이다.

인간은 본능적으로 비교를 하게 되어 있다. '나도 형처럼 공을 잘 차야지!' 하는 생각은 절로 들 수밖에 없는 것이다. 그리고 이것이 학습의 기초가 된다. 이왕 비교를 할 바에는 나의 좌우와 뒤를 돌아보라. 그리고 때로는 아래도 내려다보라. 우쭐한 기분도 들 것이다. 그러다 가끔씩 위를 올려다보는 것이 나에게 발전의 계기를 심어준다.

인생은 지금부터입니다

난 요즘 길을 가다 내 또래 영감을 만나면 "여보 노형, 반갑소. 용케 살아남았구려." 그대로 어깨를 툭 치며 한번 안아주고 싶습니다.

우리는 가난과 추위와 굶주림 속을 용케 살아나온 전우요, 동지입니다. 전쟁이 휩쓸고 간 폐허에서 맨땅, 맨손으로 오늘의 자랑스러운 대한민국을 만들지 않았습니까. 세계가 깜짝 놀랄 한강의 기적을 이룩하지 않았습니까.

학자들은 세계 4대 혁명의 하나로 한국의 근대화, 산업화를 꼽습니다. 그 영광을 위해 우린 죽음을 무릅쓰고 달렸습니다. 우리에겐 밤낮이 없었습니다. 겁도 없었습니다. 아프리카 오지, 아니 지구의 끝까지 뛰어갔습니다.

기억나십니까. 60년대 초반, 우리 GNP는 아프리카 평균보다 낮았습니다. 세발자전거도 변변히 만들 기술도 없었습니다. 그런 나라가 우리가 흘린 땀방울로 오늘의 자랑스러운 나라, 대한한국을 만드는 바탕이 되었습니다. 자부와 긍지로 넘쳐야 할 세대입니다.

딱하게도 요즘 그 용감했던 산업 전사들의 초라한 모습을 지켜보노라니 마음이 착잡합니다. 심통한 기분에 젖게 됩니다.

지하철 경로석에 졸고 앉은 동료들, 그 용감무쌍했던 패기는 어디로 갔나요. 그 뜨거운 열정은 또 어디로 갔나요. 추수가 끝나 썰렁한 늦가을 들판을 바라보는 기분입니다. 이렇게 갈 순 없습니다. 늙은 개가 뒷문으로 슬며시 사라지듯 이렇게 갈 순 없습니다.

작금의 우리 한국 사회도 어쩐지 우리 영감들 모습을 닮아가는 건 아닌가 두려운 생각이 들 때도 있습니다. 국내외 사정이 녹록치 않습니다. 젊은이는 일자리가 없어 실의에 빠져 있고, 중년층도 겨우 마련한 식당, 프랜차이즈 어느 하나 잘되는 게 없다고들 난리입니다. 이럴 때일수록 모두가 자신감을 잃어선 안 되겠습니다. 우리에겐 그 어려운 시절을 이겨낸 경험과 관록이 있습니다. 위기에 대처하는 지혜와 슬기가 있습니다. 어떤 역경에도 굴하지 않는 패기와 열정이 있습니다.

여러분, 다시 한 번 분발합시다. 저의 이 작은 호소가 잘 들리지 않겠지만 그 힘들고 어려웠던 지난날을 슬기롭게 이겨냈던 관록으로 주어진 삶에 다시 한 번 헌신할 수 있기를 빌어봅니다. 자신과 가족, 이웃, 나라를 위해.

하고 싶은 이야기들이 너무 많아선지 붓을 드니 글이 절로 풀려나옵니다. 끝이 없을 것 같아 이만 줄입니다. 앞으로 얼마나 더 살게 될지 모르겠습니다. 못다 한 이야기는 다음 편에 미루기로 하고 이만 줄여야겠습니다.

위의 글을 다시 읽어보니 아이들 웅변대회 원고 같아 혼자 쓸쓸하게 웃었습니다. 그러나 또 한편 생각하니 제겐 아직 뜨거운 피가 끓고 있다는 증거이기도 해서 흐뭇하기도 했습니다.

세계 어딜 내놓아도 존경스럽고 자랑스러운 여러분, 우리에겐 아직 할 일이 많이 남았습니다. 어쩌면 인생은 지금부터가 아닐까 하는 생각도 듭니다. 작금 한국 사회가 돌아가는 모습을 보노라니 그런 생각이 진하게 듭니다. 다시 한 번 일어나 깃발을 흔들어야겠습니다.

이 글에는 선마을을 찾아주신 고객분들이 사랑방 방담에서 하신 좋은 말씀이 담겨 있습니다. 감사합니다. 이제 선마을은 힐링의 메카로서 그리고 자연의학의 전당으로 온 세계 사람들이 찾아오고 있습니다. 어려운 여건에도 선마을의 설립 이념을 끝까지 살려 세계적 명소로 되게 한 윤재승 회장에게 다시 한 번 존경과 감사의 말씀을 드립니다.

망언다사! 글 같지도 않은 글들을 모아 이렇게 아담한 책으로 꾸며주신 특별한서재에 감사드립니다. 원고 정리에 언제나 묵묵히 일해준 신동윤 군의 도움이 없었다면 이 책은 세상에 빛을 보지 못했을 것입니다. 선마을, 세로토닌문화 임직원 여러분의 노고도 잊지 않겠습니다.

이시형

어른답게 삽시다(큰글자책)

-미운 백 살이 되고 싶지 않은 어른들을 위하여

ⓒ 이시형, 2019

1쇄 인쇄일 │ 2021년 8월 6일
1쇄 발행일 │ 2021년 8월 16일

지은이 │ 이시형
그린이 │ 이시형
펴낸이 │ 사태희
편집인 │ 김미나 최민혜
디자인 │ 권수정
마케팅 │ 장민영
제작인 │ 이승욱 이대성
펴낸곳 │ (주)특별한서재
출판등록 │ 제2018-000085호
주 소 │ 04037 서울시 마포구 양화로 59, 화승리버스텔 703호
전 화 │ 02-3273-7878
팩 스 │ 0505-832-0042
e-mail │ specialbooks@naver.com
ISBN │ 979-11-6703-017-7 (03810)